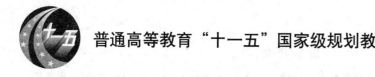
普通高等教育"十一五"国家级规划教材

谭浩强 主编

高职高专计算机教学改革新体系规划教材

Oracle 数据库原理与应用

郑晓艳 编著

清华大学出版社

北京

内 容 简 介

  Oracle 是数据库领域应用最为广泛的数据库管理系统之一,本书以 Oracle 11g R1 为基础,循序渐进地讲述 Oracle 数据库的概念、系统结构、管理工具、文件和存储、模式对象、数据安全、用户和角色等各个方面的内容。

  本书理论联系实际,将数据库理论同 Oracle 数据库实现相结合,在讲解基础概念的同时介绍 Oracle 的使用方法,内容简明扼要,由浅入深。

  本书适合作为计算机专业、信息专业、网络专业以及其他相关专业高职高专的数据库应用教程,也适合作为广大数据库爱好者的入门教材。

图书在版编目(CIP)数据

Oracle 数据库原理与应用/郑晓艳编著. —北京:清华大学出版社,2011.6
(高职高专计算机教学改革新体系规划教材)
ISBN 978-7-302-25384-6

Ⅰ. ①O… Ⅱ. ①郑… Ⅲ. ①关系数据库—数据库管理系统,Oracle—高等职业教育—教材
Ⅳ. ①TP311.138

中国版本图书馆 CIP 数据核字(2011)第 070673 号

责任编辑:张　景
责任校对:袁　芳
责任印制:李红英

出版发行:清华大学出版社　　　　　　　地　　　址:北京清华大学学研大厦 A 座
    http://www.tup.com.cn　　　邮　　　编:100084
  社　　总　　机:010-62770175　　　邮　　　购:010-62786544
  投稿与读者服务:010-62776969,c-service@tup.tsinghua.edu.cn
  质　量　反　馈:010-62772015,zhiliang@tup.tsinghua.edu.cn
印　装　者:北京鑫海金澳胶印有限公司
经　　销:全国新华书店
开　　本:185×260　印　张:13　字　数:306 千字
版　　次:2011 年 6 月第 1 版　　印　　次:2011 年 6 月第 1 次印刷
印　　数:1～3000
定　　价:28.00 元

产品编号:032820-01

近年来，我国高等职业教育迅猛发展，目前，高等职业院校已占全国高等学校半数以上，高职学生数已超过全国大学生的半数。高职教育已占了我国高等教育的"半壁江山"。发展高职教育，培养大量技术型和技能型人才，是国民经济发展的迫切需要，是高等教育大众化的要求，是促进社会就业的有效措施，也是国际教育发展的趋势。

高等职业教育是我国高等教育的重要组成部分，高职教育的质量直接影响了全国高等教育的质量。办好高职教育，提高高职教育的质量已成为我国教育事业中的一件大事，已引起了全社会的关注。

为了更好地发展高职教育，首先应当建立起对高职教育的正确理念。

高职教育是不同于普通高等教育的一种教育类型。它的培养目标、教学理念、课程体系、教学内容和教学方法都与传统的本科教育有很大的不同。高职教育不是通才教育，而是按照职业的需要，进行有针对性培养的教育，是以就业为导向，以职业岗位要求为依据的教育。高职教育是直接面向市场、服务产业、促进就业的教育，是高等教育体系中与经济社会发展联系最密切的部分。

在高职教育中要牢固树立"人才职业化"的思想，要最大限度地满足职业的要求。衡量高职学生质量的标准，不是看学了多少理论知识，而是看会做什么，能否满足职业岗位的要求。本科教育是以知识为本位，而高职教育是以能力为本位的。

强调以能力为本位，并不是不要学习理论知识，能力是以知识为支撑的，问题是学什么理论知识和怎样学习理论知识。有两种学习理论知识的模式：一种是"建筑"模式，即"金字塔"模式，先系统学习理论知识，打下宽厚的理论基础，以后再结合专业应用；另一种是"生物"模式，如同植物的根部、树干和树冠是同步生长的一样，随着应用的开展，结合应用学习必要的理论知识。对于高职教育来说，不应该采用"金字塔"模式，而应当采用"生物"模式。

可以比较一下以知识为本位的学科教育和以能力为本位的高职教育在教学各个方面的不同。知识本位着重学习一般科学技术知识；注重的是系统的理论知识，讲求的是理论的系统性和严密性；学习要求是"了解、理解、掌握"；构建课程体系时采用"建筑"模式；教学方法采用"提出概念—解释概念—举例说明"的传统三部曲；注重培养抽象思维能力。而能力本位着重学习工作过程知识；注重的是实际的工作能力，讲求的是应用的熟练性；学习要求是"能干什么,达到什么熟练程度";构建课程体系时采用"生物"模式;教学方法采用"提出问题—解决问题—归纳分析"的新三部曲;常使用形象思维方法。

近年来,国内教育界对高职教育从理论到实践开展了深入的研究,引进了发达国家职业教育的理念和行之有效的做法,许多高职院校从多年的实践中总结了成功的经验,有力地推动了我国的高职教育。再经过一段时期的研究与探索,会逐步形成具有中国特色的完善的高职教育体系。

全国高校计算机基础教育研究会于2007年7月发布了《中国高职院校计算机教育课程体系2007》(简称《CVC 2007》),系统阐述了高职教育的指导思想,深入分析了我国高职教育的现状和存在的问题,明确提出了构建高职计算机课程体系的方法,具体提供了各类专业进行计算机教育的课程体系参考方案,并深刻指出为了更好地开展高职计算机教育应当解决好的一些问题。《CVC 2007》是一个指导我国高职计算机教育的重要的指导性文件,建议从事高职计算机教育的教师认真学习。

《CVC 2007》提出了高职计算机教育的基本理念是:面向职业需要、强化实践环节、变革培养方式、采用多种模式、启发自主学习、培养创新精神、树立团队意识。这是完全正确的。

教材是培养目标和教学思想的具体体现。要实现高职的教学目标,必须有一批符合高职特点的教材。高职教材与传统的本科教育的教材有很大的不同,传统的教材是先理论后实际,先抽象后具体,先一般后个别,而高职教材则应是从实际到理论,从具体到抽象,从个别到一般。教材应当体现职业岗位的要求,紧密结合生产实际,着眼于培养应用计算机的实际能力。要引导学生多实践,通过"做"而不是通过"听"来学习。

评价高职教材的标准不是愈深愈好、愈全愈好,而是看它是否符合高职特点,是否有利于实现高职的培养目标。好的教材应当是"定位准确,内容先进,取舍合理,体系得当,风格优良"。

教材建设应当提倡百花齐放,推陈出新。我国高职院校为数众多,情况各异。地域不同、基础不同、条件不同、师资不同、要求不同,显然不能一刀切,用一个大纲、一种教材包打天下。应该针对不同的情况,组织编写出不同的教材,供各校选用。能有效提高教学质量的就是好教材。同时应当看到,高职计算机教育发展很快,新的经验层出不穷,需要加强交流,推陈出新。

从20世纪90年代开始,我们开始注意研究高职教育,并在1999年组织编写了一套"高职高专计算机教育系列教材",由清华大学出版社出版,这是在国内最早出版的高职教材之一。在国内产生很大的影响,被许多高职院校采用为教材,有力地推动了蓬勃兴起的高职教育,后来该丛书扩展为"高等院校计算机应用技术规划教材",除了高职院校采用之外,还被许多应用型本科院校使用。几年来已经累计发行近300万册,被教育部确定为"普通高等教育'十一五'国家级规划教材"。

根据高职教育发展的新形势,我们于2005年开始策划,在原有基础上重新组织编写一套全新的高职教材——"高职高专计算机教学改革新体系规划教材",经过两年的研讨和编写,于2007年正式由清华大学出版社出版。这套教材遵循高职教育的特点,不是根据学科的原则确定课程体系,而是根据实际应用的需要组织课程;书名不是按照学科的角度来确定的,而是体现应用的特点;写法上不是从理论入手,而是从实际问题入手,提出问题、解决问题、归纳分析、循序渐进、深入浅出、易于学习、有利于培养应用能力。丛书的作者大都是多年从事高职院校计算机教育的教师,他们对高职教育有较深入的研究,对高职计算机教育有丰富的经验,所写的教材针对性强,适用性广,符合当前大多数高职院校的实际需要。这套教材经教育部审查,已列入"普通高等教育'十一五'国家级规划教材"。

本套教材统一规划,分工编写,陆续出版,逐步完善。随着高职教育的发展将会不断更新,与时俱进。恳切希望广大师生在使用中发现本丛书不足之处,并不吝指正,以便我们及时修改完善,更好地满足高职教学的需要。

全国高校计算机基础教育研究会　会长
"高职高专计算机教学改革新体系规划教材"主编　　谭浩强

前言

随着存储技术和网络技术的发展,信息存储成为各行各业必不可少的工作,因此数据库系统在现代管理中扮演着举足轻重的角色,无论是企业、组织的管理还是电子商务或电子政务等大型因特网应用系统的管理,都离不开数据库的支持。Oracle 11g 是 Oracle 公司推出的数据库最新版本,是专门为在因特网上进行数据管理的用户而设计的数据库开发平台,Oracle 将数据库技术和因特网技术融合在一起,满足了现代信息管理的需求。

Oracle 功能强大,应用灵活,相应的,Oracle 系统也非常复杂和庞大。编写本书的主要目的是从数据库应用者和管理者的角度出发,介绍 Oracle 11g 在 Windows 平台上的应用。

本书共分为 9 章,介绍 Oracle 最基本的概念知识以及操作方法。

第 1 章介绍 Oracle 的体系结构以及 Oracle 11g 新增的特性,目的是让读者在了解 Oracle 的组织框架的情况下学习 Oracle 数据库的操作,对宏观概念有一些必要的了解,对于后面的学习起到宏观上的指导作用。

第 2 章介绍 Oracle 11g 在 Windows 系统上的安装和卸载方法。从适用角度介绍这些环节的操作方法和常见问题,给出了一些实用的解决办法。

第 3 章介绍 Oracle 11g 的常用工具,包括数据库配置助手(Database Configuration Assistant,DBCA)、Oracle 企业管理器(Oracle Enterprise Manager,OEM)以及 SQL * Plus,这些工具是初级人员操作 Oracle 数据库时最常用、最重要的工具,了解它们的功能和基本使用方法可以快速入门。

第 4 章介绍 Oracle 数据库的创建、启动和关闭方法。创建数据库是每一个用户必须掌握的,这是后续学习的基础。

第 5 章介绍 Oracle 数据库的存储和文件管理,包括表空间、数据文件、控制文件和日志文件的管理方法。这些内容是 Oracle 数据库能够正确运行的基础。

第 6 章介绍各种模式对象的管理,其中详细介绍表、索引、视图这 3 种模式对象的功能、类型、创建和管理方法。这些模式对象是任何一个数据库应用都会涉及到的,学会管理和使用这些模式对象是操作 Oracle 的基础。

第 7 章介绍 PL/SQL 编程。不但详细介绍 Oracle 的数据类型、常量和变量的定义与使用方法、控制流程、程序结构等基础知识,还对函数、过程、包、触发器等实用的编程方法进行介绍,并提供参考实例。

第 8 章介绍 Oracle 数据库的备份和恢复,重点介绍 Oracle 备份和恢复的机制、方法。

第 9 章介绍用户、角色和权限管理。

本书对知识的介绍深入浅出,章节安排按照 Oracle 入门的先后进行,引导读者循序渐进地进行 Oracle 的学习,概念理论与操作实践完美结合,既适合在高职高专教学中作为 Oracle 教程使用,也适合作为业余人员学习 Oracle 的参考读物。

编　者

2011 年 5 月

第 1 章

Oracle 11g 简介

学习 Oracle 数据库管理系统,需要对 Oracle 的基本知识有一个了解。本章将介绍 Oracle 的发展历史,Oracle 11g 的新特点,Oracle 系统的基本结构,并介绍 Oracle 的一些核心概念。通过学习本章,读者可以掌握 Oracle 的体系结构等知识,便于后面学习 Oracle 数据库的管理和使用方法。

学习目标

- ✓ 了解 Oracle 发展历史;
- ✓ 了解 Oracle 11g 新增特性;
- ✓ 了解 Oracle 体系结构;
- ✓ 掌握 Oracle 的核心概念。

1.1　Oracle 发展历史

Oracle 自 1978 年诞生,迄今为止已经发展了 30 多年,目前已经成为关系数据库及相关领域的领导者。

Oracle 1 是在 DEC 公司的计算机 PDP-11 上使用汇编语言开发成功的,但是刚开始并没有引起太多的关注。随后,Oracle 3 推出,这是第一个能够运行在大型机和小型机上的关系数据库。Oracle 3 是使用 C 语言编写的,其跨平台的代码移植能力使得 Oracle 在竞争中取得了较大的优势。

Oracle 的功能随着版本的发展而不断增强,1993 年,基于 UNIX 的 Oracle 7 推出,使得 Oracle 正式向 UNIX 平台发展,也为 Oracle 统治 UNIX 市场奠定了基础。

1997 年,基于 Java 的 Oracle 8 推出,两年以后,即 1999 年基于 Internet 平台的 Oracle 8i(i 代表 Internet)推出,其中增加了大量支持 Internet 的功能。Oracle 8i 是第一个完全整合了本地 Java 运行环境的数据库,支持 Java 语言编写的存储过程。另外 Oracle 8i 还增加了 SQLJ、Oracle interMedia 和 XML 等特征。在可伸缩性、可扩展性和可用性方面,Oracle 8i 也得到了很大的提升,Oracle 8i 在连续的几年中发行了几个版本,在面向网络的功能方面不断完善。Oracle 8i for Linux 也在这段时间内发布。

2001 年,Oracle 9i 在 Oracle OpenWorld 大会上发布,其中最重要的特征是 RAC (Real Application Clusters),包含了集成的商务智能(BI)功能。Oracle 9i 第二版又进行了更多的改进,使得 Oracle 成为一个本地 XML 数据库,另外还包括自动管理、DataGuard 等方面的特性。

2004 年春,Oracle 10g 10.1.0.2 面世,其中 g 代表 grid,即网格。其最大特点是加入了网格计算功能。Oracle 10g 在管理简易性方面进行了极大的改进,包括分配给数据库的磁盘存储器的自动管理、预配置的数据库报警、数据库内存结构的前瞻性监视与自我调节,以及用于管理和监视整个 Oracle 体系结构的增强型 Web 工具。

Oracle 11g 的正式推出是在 2007 年 7 月 12 日,这是目前最流行的 Oracle 版本。

Oracle 产品的版本号由 5 部分构成,表示为“主发布版本号.主发布维护号.应用服务器版本号.构件特定版本号.平台特定版本号”。其中各部分含义如下。

(1) 主发布版本号:是版本最重要的标识号,表示重大的改进和新的特征。

(2) 主发布维护号:维护版本号,一些新特征的维护和改进。

(3) 应用服务器版本号:Oracle 应用服务器版本号。

(4) 构件特定版本号:针对构件升级的版本号。

(5) 平台特定版本号:操作系统相关的发布版本。

1.2　Oracle 11g 新增功能

在大数据量的情况下,数据库将面临多方面的挑战,如对数据的存储、管理和保护,应对大型事务处理和数据仓库系统的性能要求并且应确保可靠性,在服务器、站点出现故障时的可用性等。Oracle 11g 中增加的大量新功能可以帮助解决诸如此类的问题,发挥网格计算的优势来提高服务水平、减少停机时间以及有效利用资源。

1.2.1　企业网格管理的高可用性

Oracle 从 10g 开始引入网格计算,从根本上改变了数据中心的外观和操作方式,将它们从不同资源的孤岛转入服务器和存储器的共享池。Oracle 11g 对网格计算功能进行了进一步的扩展,向用户提供了更具可管理性和可用性的系统。

1.　满足用户服务水平预期

Oracle 11g 的可管理特性可以帮助用户轻松管理基础架构网格,并成功地满足用户的服务水平期望,有助于提高数据库管理的效率,减少管理成本,同时还可以增强全天候业务应用程序的性能、可伸缩性和安全性。

2.　通过更改测试降低更改风险

Oracle 11g 利用 Database Replay,可以在数据库级别轻松捕获实际的生产负载并在测试系统上重新播放,全面测试系统更改的影响;另外,利用 Oracle 11g 的 SQL Performance Analyzer 识别结构化查询语言执行计划更改和性能回退,然后还原执行计划或者通过优化来解决识别出的问题。

3.　利用管理自动化功能提高 DBA 的效率

Oracle 11g 提供的管理自动化功能包括:利用自学功能自动进行 SQL 优化;系统全局区和程序全局区的内存缓存区的自动、统一调整;新的 advisor 用于分区、数据恢复、流性能和空间管理;自动数据库诊断监视器(ADDM)的增强功能为 Oracle 在真正集群应用环境中提供了更好的性能全局视图和改进的性能比较分析功能。

4.　利用故障诊断功能快速解决问题

Oracle 11g 中新增的故障诊断功能使用户能够在发生错误后更容易捕捉到诊断所需的信息,加速问题解决。

5.　通过 Oracle Data Guard 快速恢复数据

Oracle Data Guard 在本地和远程服务器之间协调数据库的维护和同步,以便从灾难中快速恢复。Oracle 11g 的 Oracle Data Guard 增强功能包括:可以在物理备用系统上运行实时查询程序,用于报表或其他应用;通过将物理备用系统转换为逻辑备用系统执行联机的、滚动的数据库升级;支持测试环境的快照备用系统。

6. 利用自动存储管理保护数据

Oracle 11g 的自动存储管理可以在可用的存储设备之间自动镜像和平衡数据以保护数据并优化性能,这方面的功能如:支持滚动升级;自动坏块检测和修复;快速镜像重新同步;允许 DBA 增加存储分配单元大小以加快大型序列输入和输出。

7. 改进连接操作

主要是对联机重新定义操作的改进,如允许增加新的列和过程而不会引发不必要的相关对象的重编译。可以联机更改表、快速添加带默认值的列、联机创建索引而不必暂停数据操纵语言(Data Manipulation Language,DML)操作。

Oracle 11g 还包括了其他高可用性方面的改进,如降低停机成本、加快数据库升级等。

1.2.2　性能优化

在目前的数据库应用中,通常数据库的大小增长非常快,这就对大型数据库的存储成本和性能、可靠性等提出了更高的要求,Oracle 11g 提供的新特性可以轻松伸缩大型的事务和数据仓库,而无须增加大量成本。

1. SecureFiles 的数据管理功能

SecureFiles 是 Oracle 用于在数据库中存储大对象(如图像、大型文本对象、XML 等)的下一代产品,能够提供完全与文件系统相媲美的性能。

2. 联机事务处理数据的压缩功能

Oracle 11g 支持对联机事务处理应用程序中常用的更新、插入和删除操作所涉及的数据进行压缩,减少所需的存储空间,提高性能并降低存储成本。

3. SQL Tuning Advisor 优化

SQL Tuning Advisor 是 Oracle 为应对 SQL 手动调优的所有缺陷和挑战而推出的解决方案。它通过全面探索优化 SQL 语句的所有可能方法实现了 SQL 调优过程的自动化。分析和调优是由数据库引擎经过显著增强的查询优化程序完成的。

4. 自动内存优化

Oracle 9i 引入了自动 PGA 优化,Oracle 10g 又引入了自动 SGA 优化。到了 Oracle 11g,所有内存可以通过只设定一个参数来实现全表自动优化。只要 Oracle 确定有多少内存可用,就可以自动指定将多少内存分配给 PGA、多少内存分配给 SGA 和多少内存分配给操作系统进程。也可以设定最大、最小阈值。

1.3　Oracle 数据库结构

　　管理 Oracle 数据库首先需要了解 Oracle 数据库系统中各个不同构件的相互关系。为了对 Oracle 11g 有一个深入系统的认识,以便以后熟练地使用和管理 Oracle 数据库,本节将从 Oracle 体系结构和服务器结构两方面介绍 Oracle 11g。

1.3.1　Oracle 体系结构

　　尽管每一个 Oracle 数据库有着同样的基本组成部分,但可供选择的选项随着硬件平台及操作系统的不同而不同。对于大多数硬件平台,都有一系列的选项可供参考,如以下一些常用的体系结构类型。

1. 独立宿主

（1）磁盘阵列独立宿主

　　一个最简单的数据库配置是一个服务器访问一个独立、单磁盘宿主上的数据库,所有的文件存储在服务器的一个磁盘上,并且在服务器上只有一个 SGA 及一个 Oracle 后台进程。其他所有结构都是基于此结构的。

　　如果有多个有效磁盘,便可以将数据库文件分别存储在不同的磁盘设备上,这样可以减少数据文件之间的冲突,从而提高数据库的性能。在数据库操作期间,一个事务或查询经常需要访问多个文件的信息,如果不实行文件的多磁盘分配,那么系统就需要同时从同一个磁盘中读取多个文件。磁盘阵列独立宿主的结构如图 1-1 所示。

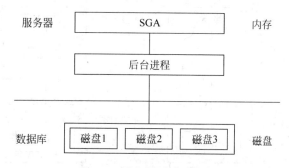

图 1-1　磁盘阵列独立宿主

（2）磁盘映像独立宿主

　　许多操作系统提供了文件副本的维护及文件复制的同步功能,这些服务都是通过磁盘映像或卷册映像(也称为镜像)进程来实现的。

　　使用磁盘映像有两个方面的好处。

　　① 磁盘映像可以作为磁盘失效时的备份,在大多数操作系统中,磁盘失效会自动引

发映像磁盘取代失效的磁盘。

② 可以改进系统的性能,大多数操作系统可以通过卷册映像的支持,借助于文件映像实现对文件 I/O 要求的直接操作,而无须访问主文件,这会减少主磁盘的 I/O 装载,从而增加 I/O 的能力。

磁盘映像独立宿主的结构如图 1-2 所示。

图 1-2 中所示的映像类型称为 RAID-1(独立磁盘随机阵列)映像。在这个映像类型中,主磁盘中的每一个磁盘与映像磁盘中的每一个磁盘一一对应。不同的操作系统也可以有其他映像方式(RAID-0、RAID-3、RAID-5)。

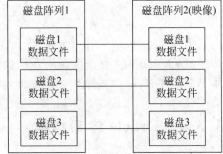

图 1-2　磁盘映像独立宿主

(3) 多数据库的独立宿主

在一个宿主中也可能会生成多个数据库,即多数据库独立宿主。多数据库独立宿主的特点如下:

① 每一个数据库拥有自己的文件,并且会被不同的服务器访问。

② 由于每一个服务器要求一个 SGA 和一个后台进程,所以宿主必须能够支持配置中的内存和进程要求。

③ 尽管这两个数据库拥有同一个宿主,但它们彼此并不交互,第一个数据库中的服务器不能访问第二个数据库中的数据文件。

④ 两个数据库共享相同的资源代码路径,但它们的数据文件应该存储在不同的路径中,应尽可能存储在不同磁盘上,这是因为如果多个数据库的数据文件存储在同一个磁盘设备上,则两个数据库的 I/O 统计都不能够正确反映该设备的 I/O 负载。

图 1-3 显示了多数据库独立宿主的结构。

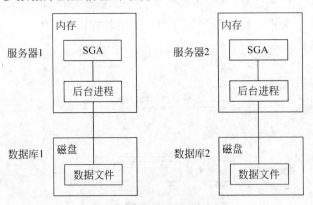

图 1-3　多数据库独立宿主

2. 网络宿主

(1) 数据库网络

当支持 Oracle 数据库的宿主通过网络连接时,这些数据库可以借助于 Oracle Net 进行通信,如图 1-4 所示。Oracle Net 依赖于本地网络协议来实现两个服务器间的连接,支持两个服务器上应用程序之间的通信。

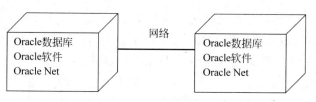

图 1-4　数据库网络

通信的数据库中各自的服务器必须可以彼此通信。数据库层的通信是在服务器之间的通信联系基础之上建立起来的。一旦通信联系建立,数据库软件便可以利用这种联系实现远程数据库间的数据包传输。这种用于数据库间数据传输的 Oracle 软件称为 Oracle Net。对于 Net8 的通信接收与处理,宿主必须监听(Listener)执行进程,且这个监听器必须在数据库通信所涉及的每一个宿主上执行。

（2）分布式数据库

在分步式数据库系统中,客户和服务器、服务器和服务器之间都通过网络连接在一起,可以充分共享网络中的硬件资源。

在分布式系统的设计和实现中存在一个矛盾:更新成本和查询成本。如果使更新成本最低,则要求数据库分布存放,更新时只需更新本地数据库;而查询成本最低的条件是所有的数据库都存放在一个节点上,这又增加了更新操作的代价。所以,在设计分布式数据库系统时,必须折中考虑两种成本的开销,使总体实现成本最低。分布式数据库的结构如图 1-5 所示。

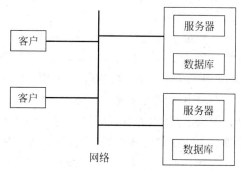

图 1-5　分布式数据库

（3）并行服务器

以上讲述的所有配置都是针对一个服务器访问数据库的情况。然而,根据硬件配置,有可能使用多台服务器访问同一个数据库,这种配置称为 Oracle 并行服务器(Oracle Parallel Server,OPS)配置,如图 1-6 所示。

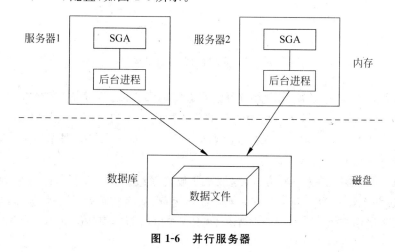

图 1-6　并行服务器

在这种方式下，两台服务器共享同一组数据文件。通常，这些服务器位于硬件集群中的不同宿主中。并行服务器的优点如下：

① 更多有效的内存资源，这是因为使用了两台设备。

② 如果一个宿主停机，另一个仍可以访问数据文件，因此提供了一种对灾难进行恢复的手段。

③ 用户可以根据执行进程的类型进行分组，并且高端用户可以从常规联机事务进程分离出来，而使用一个单独的宿主。

同时，这种配置也存在一个明显的潜在问题，即两台服务器对同一个记录的更新。当执行一个数据更新时，Oracle 并不立即从 SGA 块中向数据文件写入修改块，当这些数据块位于 SGA 时，另一个实例有可能请求它们。要支持这种请求，Oracle 将把这些块写入到磁盘中，再从磁盘中写入到另一个 SGA 中，这将导致产生输入/输出非常频繁的数据库请求。解决这一潜在问题的最好方法是根据用户的数据使用情况来制定分布方案，而不是 CPU 使用情况。这样，要求更新同一数据表的用户使用同一个数据库访问实例。

当使用 OPS 时，必须给 OPS 指定数据库结构及参数。

首先，必须配置用于处理不同服务器的中心数据库。这个中心数据库的基本要求是有一系列每一台服务器都可以使用的回滚段。要最佳的管理它们，可以为每一个服务器生成一个单独的回滚段表空间，并将服务器名作为表空间名的一部分。

（4）客户机/服务器数据库应用

在以上所讲的情况中，一个数据库存放在每个宿主中，并且数据库通过 Oracle Net 进行通信。然而，无数据库的宿主很有可能访问远程数据库，如一个宿主中的应用程序访问第二个宿主中的数据库，这种配置称为客户机/服务器，运行应用程序的宿主称为客户机（Client），而另一个宿主称为服务器（Server），如图 1-7 所示。

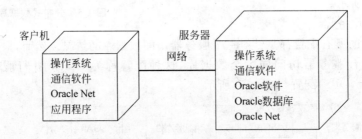

图 1-7 客户机/服务器结构

在图 1-7 中，客户机必须有能力与服务器进行网际交流。应用程序在客户机上运行，因此，数据库主要用于 I/O，运行应用程序的代价取决于客户机而不是服务器。

要进行这样的配置，客户机必须运行 Oracle Net。通过指定数据库的服务名，客户机应用程序就可以打开远程数据库。

客户机/服务器配置有不同方法，这取决于硬件系统。图 1-7 所示的是一种通常的情况，可以通过一个特别的查询工具在一台 PC 上运行，从而实现对一个服务器端数据库的访问。如果环境中有文件服务器，或者客户机是工作站而不是 PC，那么可以更灵活地配置系统。

1.3.2　Oracle 服务器结构

　　数据库是一个数据的集合,Oracle 数据库系统能够提供以关系模式存储和访问数据的方法,因此,Oracle 是一种关系型数据库管理系统(Relational Database Management System,RDBMS)。"数据库"应该从两个方面来理解,它不只是指物理上的数据的集合,也指整个数据库系统中的物理存储及进程对象的一个组合。要理解 Oracle 体系结构,必须先了解两个基本概念:数据库(Database)和实例(Instance)。本小节和下一小节将分别讲述这两方面的内容。

　　熟悉数据库系统的读者都知道,基于提高数据库的逻辑独立性和物理独立性的思想,美国 ANSI/X3/SPARC 的数据库管理系统研究小组于 1975 年和 1978 年提出了标准化的建议,将数据库结构分为三级:面向用户或应用程序员的用户级;面向建立和维护数据库的人员的概念级;面向系统程序员的物理级,绝大多数数据库系统在体系结构上都具有这三级结构的特征。

　　Oracle 不是按照上述三级模式开发的,但它提供了类似的三层数据结构,如图 1-8 所示。

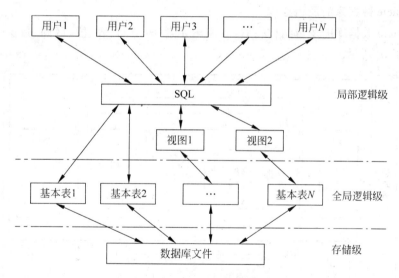

图 1-8　Oracle 三层数据结构

　　(1) Oracle 全局逻辑结构是一组基本表。基本表是数据库中实际存储的关系。

　　(2) Oracle 局部逻辑结构是由建立在基本表上的视图和基本表组成的,即 Oracle 中用户可以直接通过 SQL 去查询的视图和基本表。

　　(3) Oracle 存储级由数据库文件组成。在 Oracle 中,一个数据库对应一组数据文件,数据库中的所有数据都存放在数据文件中。

　　描述数据库结构可以从两个方面来进行:逻辑结构和物理结构。从 Oracle 数据库的三层结构观点,可以清晰地描述出 Oracle 的逻辑数据库和物理数据库结构。

　　Oracle 逻辑数据库是由表空间、表、段、区间和数据块组成的,而物理数据库是由物理文件和物理块组成的。逻辑数据库的基本存储单位是数据块,而物理数据库的基本存储单位是物理块,数据块和物理块之间存在一定的换算关系,这些换算关系随所采用的操作系统环境不同而不同。图 1-9 显示了 Oracle 数据库的逻辑结构与物理结构的对照关系。

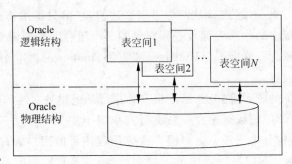

图 1-9　Oracle 数据库结构

　　下面分别讲述 Oracle 数据库的逻辑结构和物理结构的组成。

1. Oracle 数据库的逻辑结构

　　从 Oracle 数据库的逻辑结构来看,各逻辑元素(表空间、表、段、区间、数据块)之间的关系如图 1-10 所示。

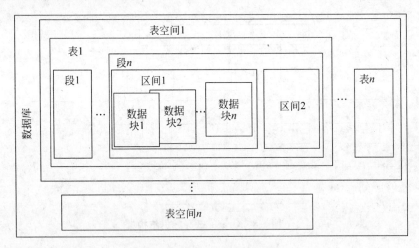

图 1-10　Oracle 逻辑存储结构

　　说明:

　　(1) 表空间(Tablespace)。一个数据库被划分为一个或多个逻辑单位,该逻辑单位称为表空间,表空间将表、段、区间和数据块等逻辑结构组合在一起。每一个表空间由一个或多个数据文件组成,表空间中其他逻辑结构的数据物理地存储在这些数据文件中。可以增加数据文件来扩大表空间,组成一个表空间的数据文件大小之和就是该表空间的大小。每一个 Oracle 数据库在初始创建时自动建立一个名为 System 的表空间,在该表空间中包含有该数据库的数据字典表。最小的数据库可以只有一个 System 表空间,此时表和存储的 PL/SQL 程序单元(过程、函数、包和触发器)的全部数据都存储在 System 表空间中。当为一个表空间建立数据文件时,Oracle 会分配指定的磁盘空间容量。在数据文件建立之初,所分配的磁盘空间不包含任何数据。Oracle 系统的表空间有以下几种。

① 系统表空间(System Tablespace):存放进行数据库管理所需的信息。

② 临时表空间(Temp Tablespace):用于存放临时数据信息,根据数据库工作量的大小,可以设置多个临时表空间。

③ 工具表空间(Tools Tablespace):用于保存 Oracle 数据库的工具软件所建立的表空间。

④ 用户表空间(User Tablespace):用于存放数据库用户的私有信息,如用户的私有表等。

⑤ 数据(Data)及索引(Index)表空间:数据表空间用于存放用户数据信息,而索引表空间是专用于存放索引信息的。

⑥ 回滚表空间(Rollback Tablespace):保存回滚段的表空间。回滚段中的信息是临时的、未提交的事务信息,当需要恢复数据库时,从回滚表空间中提取回滚信息撤销事务。

(2) 表(Table)。表是存放用户数据的数据库对象。数据库中的表分为系统表(数据字典)和用户表。表与表空间不同,它和物理文件之间不存在绝对的对应关系,一个表可以存放在多个物理文件中,多个表也可以同时存放在同一个物理文件中。表和物理文件是两种不同的组织方法。

(3) 段(Segment)。段包含表空间中一种指定类型的逻辑存储结构,是由一组区间组成。在 Oracle 数据库中有几种类型的段:数据段、索引段、回滚段和临时段。

① 数据段:每一个表拥有一个数据段,存放表的所有数据。每一个聚簇也有一个数据段,存放聚簇中所有表的数据。

② 索引段:每一个索引有一个索引段,存储索引数据。

③ 回滚段:由 DBA 建立,用于临时存储可能撤销的信息,这些信息用于生成读一致性的数据库信息,在数据库恢复时回滚未提交的事务。

④ 临时段:当一个 SQL 语句需要临时工作区时,由 Oracle 建立。当语句执行完毕,系统临时段的区间。

(4) 区间(Extent)。区间是数据库存储空间分配的一个逻辑单位,它由连续的数据块组成。每一个段由一个或多个区间组成,当一段中的所有区间已全部用完时,Oracle 为该段分配一个新的区间。为了便于维护,数据库的每一段通过段标题块(Segment Header Block)说明该段的特征以及该段中的区间目录。

(5) 数据块(Data Block)。数据块是 Oracle 管理数据文件中存储空间的单位,是数据库的最小 I/O 单位,其大小可不同于操作系统的标准 I/O 块大小,Oracle 常用的数据块大小是 2KB 和 4KB。数据块的格式如图 1-11 所示。

公用的变长标题
表目录
行目录
未用空间
行数据

图 1-11　数据块的格式

2. Oracle 数据库的物理结构

Oracle 数据库在物理上是存储在硬盘上的各种文件（数据文件、重做日志文件、控制文件等）。这些文件是活动的、可扩充的，随着数据的添加和应用程序的增大而变化。

（1）数据文件（Data File）。每一个 Oracle 数据库有一个或多个物理的数据文件，而一个数据文件只能属于一个数据库。每个数据文件由若干个物理块组成。一个数据库的数据文件包含该数据库的全部数据。逻辑数据库结构（如表、索引）的数据物理地存储在数据库的数据文件中。为了减少磁盘输出的总数，提高性能，可以在需要时读取数据文件中的数据并存储在 Oracle 内存储区中，然后由 Oracle 后台进程 DBWR 决定如何将其写入到相应的数据文件中去。数据文件有下列特征。

① 一个数据文件只能属于一个数据库。

② 一个数据文件一旦建立，它的大小就不能再改变了。

③ 一个或多个数据文件组成一个表空间（数据库存储的逻辑单位）。

（2）重做日志文件（Redo Log Files）。一个数据库至少需要两个重做日志文件，用来记录用户对数据库所做的所有改变。当数据库中的数据遭到破坏时，可以用这些日志文件以正确的顺序来恢复数据库事务。可以在创建数据库时，设置一个或者多个重做日志组同时工作，每个重做日志组包括多个重做日志文件。Oracle 以循环方式向日志文件写入，当第一个日志文件被填满时，就向第二个文件写入，依次类推，到所有日志文件都被填满时，再回到第一个日志文件，用新事务的数据对其进行重写。当数据库运行在 Archivelog 模式时，数据库在重写日志文件前将先对其进行备份。这些归档日志文件可以在任何时候用来恢复数据库的任何部分。

（3）控制文件（Control File）。数据库控制文件用于记录数据库的物理结构，它记录着数据库中所有文件的控制信息，用于维持内部一致性和操作系统恢复的引导。例如，控制文件记录了数据库结构（其中包含数据文件和重做日志文件的列表）和时间戳（Timestamp）（用于帮助确定数据文件是否被正确地同步），还可以包含由 RMAN（数据恢复管理员）使用的信息，一个数据库启动之后，会立即检查控制文件的内容，核实在上次数据库关闭的时候、同数据库关联的所有文件是否均已准备好。实例根据这方面的信息以及时间戳信息确定是否需要对数据库执行恢复操作。因为控制文件对数据库来说是至关重要的、决定性的，所以必须存在多个备份。这些文件应该分别存储在不同的磁盘上，以减小由于磁盘失效引起的潜在危险。

通过以上介绍可以知道：表空间和数据文件分别作为 Oracle 数据库的逻辑结构和物理结构的存储单元，表空间、数据文件和数据库三者之间的对应关系如图 1-12 所示。

从某种意义上讲，Oracle 系统是一类操作系统，它截获了宿主机操作系统的许多功能，如内存管理、进程管理和文件管理。通过截获操作系统功能，数据库的功能就大大提高了。

Oracle 系统是由 Oracle 物理文件、内存结构、Oracle 进程 3 部分组成的，如图 1-13 所示。

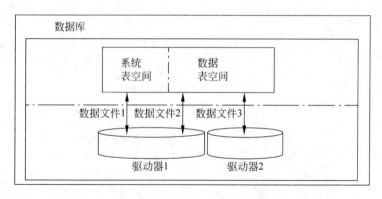

图 1-12　表空间、数据文件和数据库三者之间的对应关系

Oracle 系统的物理文件前面已经介绍过了，下面重点介绍另外两个部分：内存结构和 Oracle 进程，这两部分也就是数据库实例（也称为服务器）的内容。数据库实例是用来访问数据库文件集的存储结构及后台进程的集合。它使得一个单独的数据库可以被多个实例访问（这是 Oracle 的并行服务器方式）。实例与数据库之间的关系如图 1-14 所示。

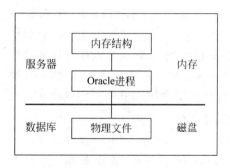

图 1-13　Oracle 体系结构

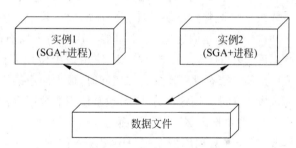

图 1-14　实例与数据库之间的关系

任意一个实例都对应一个初始化文件 init.ora，用于存储实例的组成及大小参数，在实例启动时装载。也可以在运行中由 DBA 修改，但是在运行中的任何修改都只有在下一次启动时才能起作用。实例的 init.ora 文件名中通常包含实例名。例如一个实例ORC1，它的 init.ora 将被命名为 initorc1.ora。

3. Oracle 内存结构

Oracle 使用系统内存存放常用信息和所有运行在 Oracle 上的程序。对于任何数据库来说，Oracle 占的内存越多，效率就越高。Oracle 将内存分为系统全局区 SGA（System Global Area）和程序全局区 PGA（Program Global Area）。

（1）系统全局区是 Oracle 数据库存放系统信息的一块内存区域，所有的用户进程和服务器进程都可以访问这个内存区域，SGA 在用户间有效地传输信息，它也可以包含最通用的有关数据库结构信息的查询，是 Oracle 系统管理的一个重要部分，任何一个用户如果希望和 Oracle 进行通信，首先要将信息（程序和数据）存放在 SGA 区，然后由后台进程响应并处理，SGA 是用户和 Oracle 的共享区，是所有通信的中心。它的位置如图 1-15 所示。

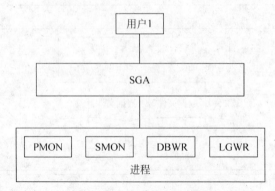

图 1-15　SGA 与用户和后台进程

系统全局区由数据块缓冲区(Data Block Buffer Cache)、重做日志缓冲区(Redo Log Buffer)、字典缓冲区(Dictionary Cache)和 SQL 共享池(Shared SQL Pool)4 个部分组成。下面分别对这 4 个部分进行简要的介绍。

① 数据块缓冲区：SGA 中用来存储从数据库对象(表、索引、簇)中读取的数据块的存储区域。它的大小由数据库服务器初始化文件 init. ora 中的 DB-BLCOK-BUFFERS 参数决定。调整数据块缓冲存储区的大小是数据库管理中一项非常重要的工作。数据块缓冲区的大小是固定的,它不可能一次装载下所有的数据库段。通常,数据块缓冲区只是数据库大小的 1%～2%,Oracle 使用最少使用算法(Least Recently Used,LRU)来管理可用空间。当存储区需要自由空间时,最少使用的块将被移出,新数据块将在存储区代替它的位置。通过采用这种方法,最频繁使用的数据将被保存在存储区中。

② 重做日志缓冲区：前面已经介绍过,联机重做日志文件用于记录对数据库进行的修改,以便在数据库恢复过程中实现向前滚动(Roll-forward)的操作,而事务并不是马上写入日志文件中去的,在这些事务被写入联机重做日志缓冲文件之前,首先记录在 SGA 的一个日志缓冲区中;数据库可以周期地分批向联机重做日志文件中写入恢复内容,从而优化操作。日志缓冲区的大小由 init. ora 文件中的 LOG-BUFFER 参数决定。

③ 字典缓冲区：数据字典是用来存储数据库对象信息的,这些对象信息包括用户账号数据、数据文件名、段名、范围定位、表描述及权限等,当数据库需要这些信息时,如需要对一个用户权限进行检查或者验证时,就要读取数据字典表,从中得到需要的信息数据,并且将这些数据存储在 SGA 中的字典缓冲区中。Oracle 数据库系统对于字典缓冲区的管理也使用了最少使用算法。因为字典缓冲区是 SQL 共享池的一部分,而共享池的大小是由数据库初始化文件 init. ora 中的参数 SHARED-POOL-SIZE 决定的,所以,字典缓冲区的大小是间接地由数据库管理的。字典缓冲区的大小会影响到数据库的查询速度。如果字典缓冲区太小,数据库就不得不重复访问数据字典表以获得数据库所需的信息,这些查询称为重复调用,这时查询速度相对于字典缓冲区独立完成查询时要低。

④ SQL 共享池用于存储数据字典缓冲及库缓冲,即运行数据库所需的描述信息。当数据块缓冲和字典缓冲能够共享数据库用户间的结构及数据信息时,库缓冲允许共享常

用的 SQL 描述语句。在共享 SQL 区域中,分为公有的和私有的区域,每一个由用户发出的 SQL 语句需要一个私有 SQL 区域,它将保存到与该语句相连的游标关闭为止。

(2) 程序全局区是 Oracle 进程使用的一块内存区域。程序全局区不能共享,它包括单个进程工作时需要的数据和控制信息,如进程会话变量和内部数据等。如果使用了多用户服务器(MTS),PGA 的一部分可以存储在 SGA 中,MTS 结构允许多个用户进程使用同一台服务器过程,从而减少需要的数据库存储区,如用户对话信息就存储在 SGA 中而不是 PGA 中。

4. Oracle 进程

进程实质上是一组特殊的、动态执行的程序,它们在 Oracle 实例载入内存的时候运行。这些程序构成了数据库产品的"内核"。Oracle 数据库的进程由用户进程、服务器进程和后台进程组成,下面分别介绍这些进程。

(1) 用户进程工作在用户方,用户通过它向服务器进程请求信息,如运行表单、进行 SQL 查询等。

(2) 服务器进程接受用户进程发出的请求,并根据这些请求的内容与数据库通信,通过通信完成用户进程对数据库中数据的处理要求,同时完成数据库的连接操作和 I/O 访问。

(3) Oracle 后台进程帮助用户进程和数据库进程进行通信,维持数据库的物理结构和存储结构的关系,Oracle 数据库拥有多个后台进程,其数据量依赖于数据库的配置,这些进程由数据库管理。图 1-16 显示了后台进程在 Oracle 数据库物理结构及存储结构中的作用和地位。

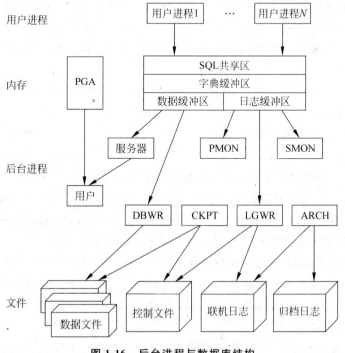

图 1-16　后台进程与数据库结构

下面详述每一个后台进程及其在数据库管理中所承担的角色。

① 系统监控(System Moniter,SMON)：当一个数据库开始工作时,SMON 被强制启动,它的功能有 3 个：实例恢复；取消系统不再需要的事务对象及清除数据库；将邻接的自由区间组成一个较大的自由区间。

② 进程监控(Process Moniter,PMON)：PMON 后台进程清除用户失败的后台进程,并释放用户正在使用的资源。当一个含有锁定的进程被取消时,PMON 会释放锁定并使其可以被其他用户使用。

③ 数据库写入(Database Write,DBWR)：DBWR 进程主要管理数据块缓冲存储区及字典缓冲区的内容。它从数据文件中读取信息并将它们存储在 SGA 中,DBWR 分批将数据块变化写回数据文件中。在某些操作系统及平台上,一个数据库实例可以同时拥有多个 DBWR 进程。使用多个 DBWR 进程可以减少大量查询所需的 DBWR 内容。所需的 DBWR 的数量由 init.ora 中的 DBWR-IO-SLAVES 参数决定。

④ 日志写入(Log Write,LGWR)：LGWR 后台进程负责将日志缓冲区的内容分批写入到日志文件中,日志缓冲区中永远包含数据库最近的更改状态。LGWR 是数据库正常运行时唯一向联机日志文件写入内容并向日志缓冲区写入内容的进程。联机日志文件以序列形式书写,如果日志文件是一个镜像文件,LGWRZ 则同时向镜像日志文件中写入内容。

⑤ 检查点进程(Check Point,CKPT)：用来减少实例恢复所需的时间。检查点进程使得从 DBWR 数据文件的最新检查点以后的全部数据块内容被写入,并且会修改数据文件头及检查点记录的控制文件。当一个联机日志文件被填满时,检查点进程会自动出现。检查点出现的频率由 init.ora 文件中的 LOG-CHECKPOINT-INTER-VAL 参数决定。只有数据库初始化文件 init.ora 中的 CHECKPOINT-PROCESS 参数为 TRUE 时,才可以建立 CKPT 后台进程。

⑥ 归档进程(Archive Log,ARCH)：LGWR 后台进程以循环方式向日志文件写入,当填满第一个日志文件后,就开始向第二个日志文件写入,再向第三个写入,以此类推。如果最后一个日志文件也填满了,LGWR 就开始覆盖第一个日志文件,这就涉及覆盖第一个日志文件时,该文件的内容是否需要保存的问题。当 Oracle 以归档(Archivelog)模式运行时,数据库在开始覆盖日志文件之前先对其进行备份。这些归档文件可以写入磁盘设备,也可以直接写入磁带设备中,ARCH 后台进程就是用来执行这种归档功能的。可以建立多个 ARCH I/O 口以改善写入归档日志文件的性能。ARCH I/O 个数由数据库初始化文件 init.ora 中的 ARCH-IO-SLAVES 参数决定。

⑦ 恢复进程(RECO)：用于分布式数据库中的失败处理。RECO 进程试图访问存在问题的分布式事务的数据库并解决这些事务的问题。这个进程只有当数据库系统在支持分布式操作的平台上运行,并且 init.ora 文件中的 DISTRIBUTED-TRANSACTIONS 参数大于 0 时才被建立。

⑧ 快照进程(SNPn)：用于执行快照刷新以及控制内部工作队列的运行。这是一组后台进程,名称以字母 SNP 开头,以数字或字母结束。一个实例的 SNP 进程个数由 init.

ora 文件中的 JOB-QUEUE-PROCESSES 参数决定。

⑨ 锁进程(LCKn)：当 Oracle 以并行服务器方式运行时,多个 LCK 进程用于解决内部实例的锁定问题,锁进程的个数由参数 GL-LCK-PROCS 决定。使用锁有助于保证数据的一致性。

⑩ 调度进程(Dnnn)：Dnnn 进程只用于 MTS 结构,是 MTS 结构的一部分,这些进程可以减少多重连接所需要的信息源。对于每一个支持服务器的通信协议,必须建立至少一个 Dnnn 进程,每个 Dnnn 进程负责从用户进程到可用服务器进程的路由请求,并把连接响应返回给相应的用户进程。Dnnn 进程可以在数据库启动时建立,也可以在数据库打开后建立或移走。

⑪ 服务器进程(Snnn)：对那些需要专用服务器的数据库的连接进行管理,可以对数据文件进行 I/O 操作。

以上介绍了 Oracle 的数据库结构和系统组成情况,概括来说,一个 Oracle 数据库由下列组件构成。

(1) 一个或多个数据文件。

(2) 一个或多个控制文件。

(3) 两个或多个联机日志文件。

数据库内部结构包括如下部分。

(1) 多个用户/模式。

(2) 一个或多个回滚段。

(3) 一个或多个表空间。

(4) 数据字典表。

(5) 用户对象(表、索引、视图集)。

Oracle 数据库服务器(实例)的最小构成如下：

(1) 一个 SGA(包括数据块缓冲存储区)。

(2) SMON 后台进程。

(3) PMON 后台进程。

(4) DBWR 后台进程。

(5) LGWR 后台进程。

(6) 与用户进程相关的 PGA 区。

(7) 日志缓冲存储区,SQL 共享池。

思考题 1

1. Oracle 的三层数据结构是什么？

2. 说明 Oracle 的逻辑数据库结构和物理数据库结构组成。

3. Oracle 数据库、表空间和数据文件之间有什么关系？

4. Oracle 数据文件、重做日志文件、控制文件各有何功能？

5. 描述 Oracle 系统的组成。

6. Oracle 后台进程有哪些？各有何功能？

7. 说明 Oracle 系统全局区 SGA(System Global Area)和程序全局区 PGA(Program Global Area)的功能和结构。

第 2 章

Oracle 11g 的安装和卸载

从本章开始学习 Oracle 数据库的使用，第一步就是学习 Oracle 数据库软件的安装和配置。本章将讲解 Oracle 11g 的安装过程。

✓ 了解安装 Oracle 11g 所需的软件和硬件环境；
✓ 掌握 Oracle 11g 的安装和卸载过程；
✓ 学会在 Windows 环境下安装 Oracle 11g。

2.1　安装环境

Oracle 11g 支持多种操作系统,包括 UNIX、Linux、Windows 2000、Windows 2003、Windows XP 等。

Oracle 11g 对系统资源要求较高,需要较高的硬件和软件配置的支持。

1. 硬件配置

(1) CPU 主频在 1GHz 以上。

(2) 物理内存最小为 512MB,建议在 1GB 以上。

(3) 虚拟内存是物理内存的两倍。

(4) 基本安装需要的硬盘空间为 3.04GB。

(5) 视频适配器 65536 色。

2. 软件配置

(1) 操作系统 Windows 2000 SP4 或更高版本。

(2) 网络协议需要支持 TCP/IP、带 SSL 的 TCP/IP 及命名管理。

2.2　数据库服务器的安装

Oracle 11g 有标准版、个人版和企业版 3 种版本。

(1) 标准版:包含故障保护、回闪、备份和恢复等高可用性功能;Oracle SQL 开发、Web 应用开发、XML 支持等软件开发工具;企业管理器和存储器的自动管理;以及安全性和分布式查询功能。

(2) 个人版:安装与标准版类似的部件,但只允许单用户使用,并且不包含真实应用集群(Real Application Cluster,RAC)等。

(3) 企业版:安装所有许可的数据库部件,包括标准版的所有功能,此外还包括其他所有附件,如数据库配置、管理工具、数据仓库和事务处理等。

安装之前,需要保证主机的网络配置满足要求。Oracle 10g 之后的版本需要在安装时有固定的 IP 地址。如果主机没有这样的配置,可能会因为监听程序运行不正常而出错。可以通过以下方法进行设置,以保证安装过程顺利进行,即将 Microsoft Loopback Adapter 配置为系统的主网络适配器,配置方法如下。

1. 打开"添加硬件向导"对话框

打开"控制面板"窗口,双击"添加硬件"图标,打开"添加硬件向导"对话框,如图 2-1 所示。

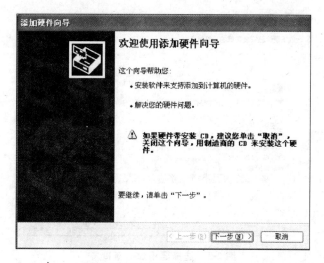

图 2-1　"添加硬件向导"对话框

2．检测硬件连接

单击"下一步"按钮，计算机将会自动检测新添加的硬件，但是因为并没有新的硬件连接，所以，向导会询问是否已将硬件连接好，即出现如图 2-2 所示的界面，选中"是，我已经连接了此硬件"单选按钮，然后单击"下一步"按钮。

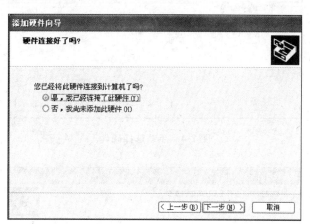

图 2-2　检测硬件连接

3．添加新设备

在如图 2-3 所示的界面中选择"添加新的硬件设备"选项，然后单击"下一步"按钮。

4．手动选择硬件

在图 2-4 所示的界面中选中"安装我手动从列表选择的硬件（高级）"单选按钮，然后单击"下一步"按钮。

5．选择硬件类型

硬件选择列表如图 2-5 所示，从中选择"网络适配器"选项。

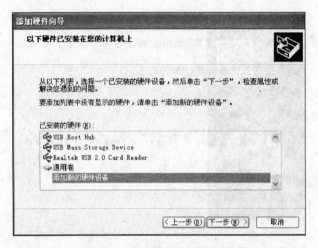

图 2-3　选择要添加的新设备

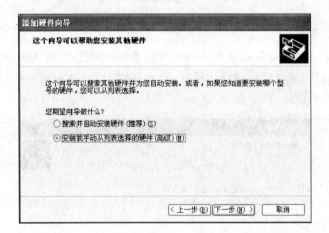

图 2-4　手动选择硬件

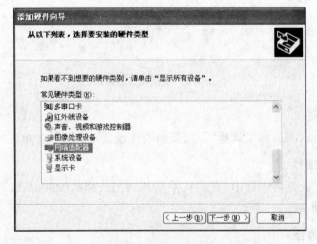

图 2-5　选择硬件类型

6. 添加 Microsoft Loopback Adapter

从图 2-6 所示的界面中选择 Microsoft Loopback Adapter 选项，然后单击"下一步"按钮，向导将自动安装这个网络适配器，安装完成之后在网络邻居中会出现一个新的连接图标，显示为已连接状态，这就是刚刚安装好的网络适配器的连接。为这个网络连接设备设置一个固定的 IP 地址，如 192.168.0.1，就可以进行 Oracle 的安装了。

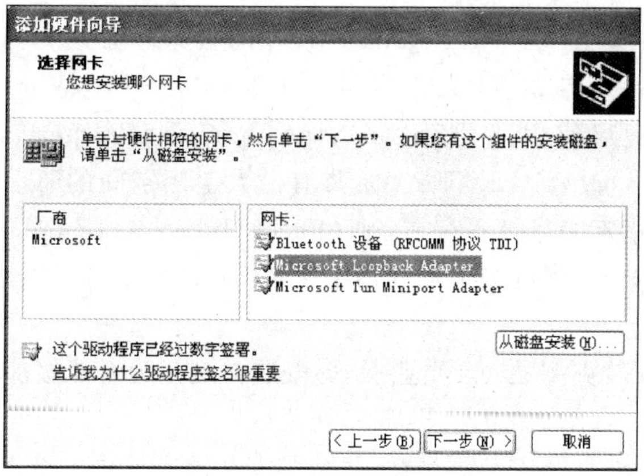

图 2-6　选择网卡

下面对 Oracle 的安装过程进行详细说明。

Oracle 11g 有两种安装方式：基本安装和高级安装。高级安装过程允许用户对安装类型、内存管理方式、存储机制、备份存储机制等进行设置，对于初学者来说，可以使用 Oracle 默认配置，所以本章采用基本安装方式安装 Oracle 11g。

双击安装盘中的 SETUP.EXE 文件，打开安装向导，如图 2-7 所示，启动安装过程。

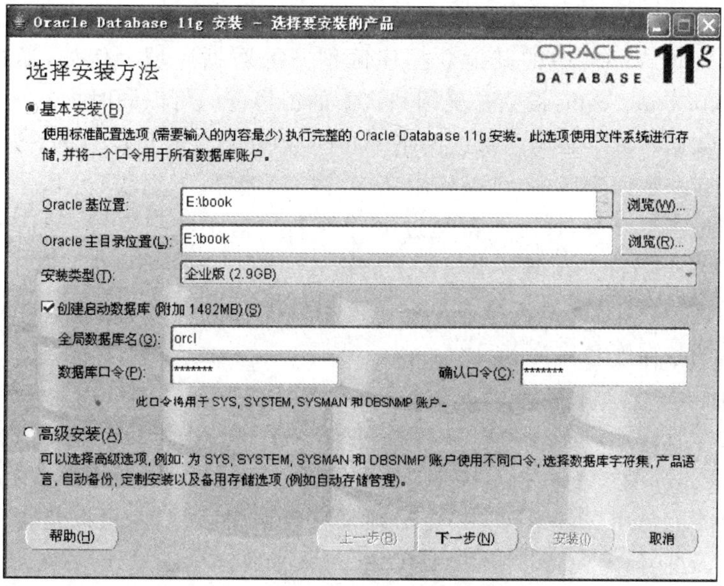

图 2-7　Oracle 安装向导——选择安装方法

在图 2-7 所示的对话框中需要指定以下几种信息。

(1) Oracle 基位置

指定要用来安装 Oracle 软件产品的顶级目录。可以使用相同的 Oracle 基目录进行多个产品的安装。如果不同的操作系统用户在相同的系统中安装 Oracle 软件,则每个用户均需创建独立的 Oracle 基目录。

(2) Oracle 主目录位置

指定希望在其中安装 Oracle Database 软件的目录。必须为每个新安装的 Oracle Database 11g 指定一个新的 Oracle 主目录。在 Microsoft Windows 系统上,Oracle Universal Installer 建议使用路径 drive_letter:\oracle\Product\11.1.0\db_n 作为 Oracle 主目录,其中 DRIVE_LETTER 是具有最大空闲空间的驱动器,n 是一个计数器(例如 db_1)。如果指定的目录不存在,则 Oracle Universal Installer 会创建该目录。如果希望在具有足够空闲空间的其他驱动器上安装 Oracle 软件,可以指定相应的路径。

(3) 安装类型

可以选择以下安装类型之一:企业版,此安装类型是为企业级应用设计的,用于执行关键任务和对安全性要求较高的联机事务处理(Online Transaction Processing,OLTP)和数据仓库环境中。选择此安装类型后,将分别安装所有许可的企业版选项;标准版,此安装类型是为部门或工作组级应用设计的,也适用于中小型企业(SME),可以提供核心的关系数据库管理服务和选项;个人版(仅限于 Microsoft Windows 操作系统),此安装类型和企业版安装类型会安装相同的软件,但仅支持要求与企业版和标准版完全兼容的单用户开发和部署环境。

(4) 全局数据库名

全局数据库名的格式为 database_name.database_domain。指定全局数据库名时应遵循以下规范:指定能够反映数据库预定用途的数据库名称,例如 sales。不要在数据库名称中包含对软件版本的引用。数据库域是可选的。如果要指定数据库域,应选择可以将该数据库和分布式环境中的其他数据库区别开的数据库域。例如,通过选择域 us.acme.com 和 jp.acme.com,设立在美国和日本的销售部门可以同时拥有名为 sales 的数据库。指定的数据库域不必与系统的网络域相同,但在需要时可以相同。

在数据库名和数据库域中,可以使用字母、数字、字符、下划线(_)和井号(#)。数据库名必须以字母字符开头,长度不得超过 5 个字符。对于数据库域,包括句点在内的长度不得超过 128 个字符。在第一个句点之前输入的所有字符将成为 DB_NAME 初始化参数和系统标识符(SID)的值。第一个句点之后的字符将成为 DB_DOMAIN 初始化参数的值。默认的数据库名称为 orcl。

(5) 数据库口令

指定数据库管理账户(方案)SYS、SYSMAN、SYSTEM 和 DBSNMP 的口令,这些账户是已授权的数据库账户。在指定口令时需要注意以下限制:口令长度必须在 4～30 个字符之间。口令不能与用户名相同。口令必须来自数据库字符集,可以包含下划线(_)、美元符号($)以及井号(#)。口令不能是 Oracle 保留字。

以上信息设置完成之后,安装向导需要验证安装环境是否符合安装和配置所需的最低要求,如果所有条件验证通过,则显示如图 2-8 所示的界面,提示"0 个要求待验证",否则会将要求手动验证的项目信息显示出来。

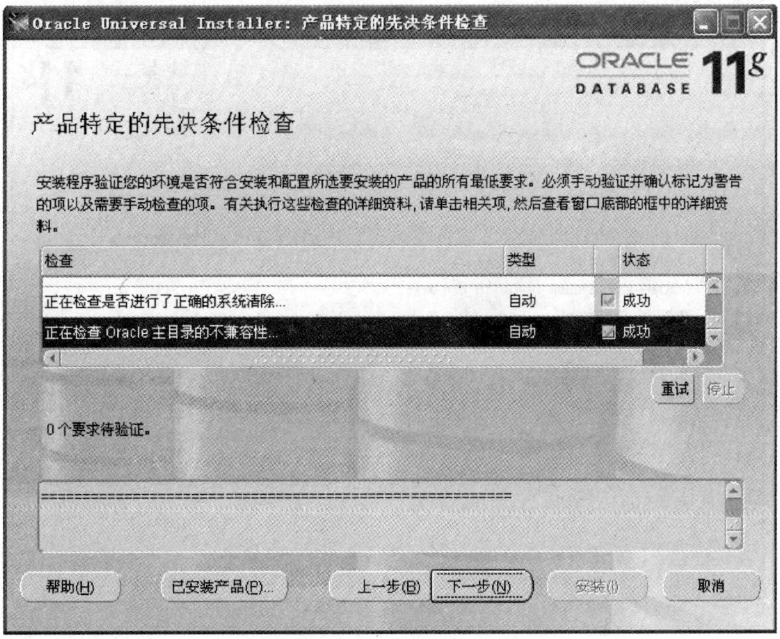

图 2-8　先决条件检查

在接下来打开的 Oracle 配置管理器注册界面(如图 2-9 所示)中可以直接单击"下一步"按钮。

图 2-9　注册 Oracle 配置管理器

向导将安装信息汇总为概要显示出来，供用户检查确认，如图 2-10 所示。如果没有问题，则直接单击"安装"按钮，开始产品的安装过程；否则可以回到上一步进行修改。

图 2-10　安装信息概要

安装过程如图 2-11 所示，需要进行产品的安装、设置和配置。

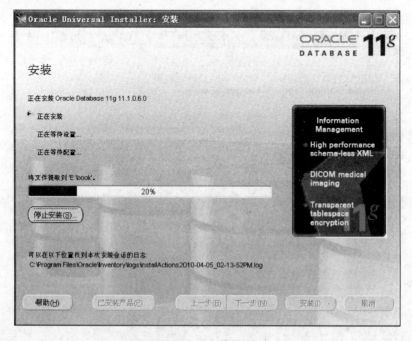

图 2-11　安装界面

软件部分安装完成之后,进行网络配置和数据库配置,如图 2-12 所示。

如 2-12　运行配置助手

其中数据库的配置过程如图 2-13 所示。

图 2-13　数据库的配置过程

当数据库创建完成之后,配置助手将显示数据库信息,包括数据库名、系统标识符、服务器参数文件路径、账户信息等,如图 2-14 所示。

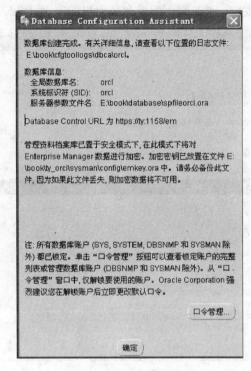

图 2-14 数据库创建完成

单击"口令管理"按钮可以对该数据库的账户进行解锁，操作界面如图 2-15 所示。

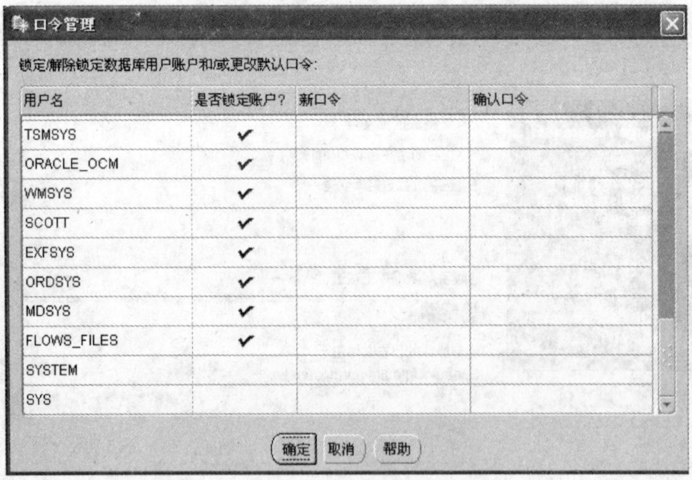

图 2-15 对账户的解锁

除 SYS 和 SYSTEM 用户之外，其他用户都处于锁定状态，处于锁定状态的用户是不可用的。在一般情况下，SYS 和 SYSTEM 用户可以完成数据库的所有操作任务。如果需要将某些账户解锁，只需将其对应的"是否锁定账户"的对号去掉，并重新设置新的密码。注意，应牢记此处为每个账户设置的密码，以便将来登录时使用。

此处保持默认状态,不对用户进行解锁。关于各个用户的权限,将在后面 4.2.1 小节中予以介绍。

"安装 结束"界面如图 2-16 所示,单击"退出"按钮退出安装程序。

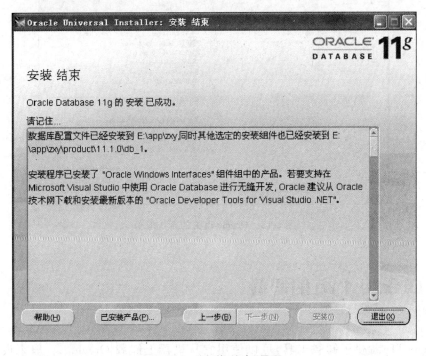

图 2-16 "安装 结束"界面

安装结束后,要检查 Oracle 是否安装正确,首先查看"开始"菜单中的菜单项,如图 2-17 所示。

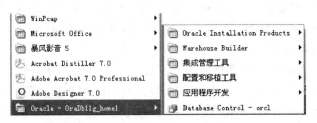

图 2-17 "开始"菜单中已安装的工具

另外可以通过查看系统服务确定安装是否正确,在"控制面板"窗口中双击"管理工具"图标,在打开的窗口中双击"服务"图标,在打开的"服务"窗口中可以看到如图 2-18 所示的服务,其中 OracleOraDb11g_home1TNSListener、OracleServiceORCL 和 OracleDBConsoleorcl 服务应该处于"已启动"状态。

到此为止,Oracle 11g 的安装就全部完成了,接下来就可以使用 Oracle 提供的工具进行操作了。

图 2-18　Oracle 相关的系统服务

2.3　Oracle 11g 的卸载

Oracle 11g 提供了卸载工具，可以使用它从机器上卸载 Oracle。一般来说，Oracle 11g 的卸载应该按照下面的步骤进行。

（1）通过选择"开始"→"控制面板"→"管理工具"→"服务"命令打开"服务"窗口，停止所有 Oracle 服务。

（2）从"开始"→"程序"→Oracle-OraDb10g_home1→Oracle Installation Products→Universal Installer 命令启动 Oracle 卸载工具，卸装所有 Oracle 产品，但 Universal Installer 本身不会被删除。

（3）手动删除注册表信息，选择"开始"→"运行"命令，输入并运行 regedit 命令，在打开的注册表编辑器中选择 HKEY_LOCAL_MACHINE\SOFTWARE\ORACLE 选项，按 Delete 键删除这个入口；选择 HKEY_LOCAL_MACHINE\SYSTEM\CurrentControlSet\Services 选项，滚动这个列表，删除所有 Oracle 入口；选择 HKEY_LOCAL_MACHINE\SYSTEM\CurrentControlSet\ Services\Eventlog\Application 选项，删除所有 Oracle 入口。

（4）通过"开始"→"控制面板"→"系统"命令打开"系统属性"对话框，选择"高级"选项卡，单击"环境变量"按钮，打开"环境变量"对话框，删除环境变量 CLASSPATH 和 PATH 中有关 Oracle 的设定。

（5）将桌面上、"启动"组、"程序"菜单中所有有关 Oracle 的组和图标删除。

（6）删除 C:\Program Files\Oracle 目录，并重新启动计算机，重启后才能完全删除 Oracle 所在目录。

（7）删除与 Oracle 相关的文件，选择 Oracle 所在的目录 C:\Oracle，删除这个入口目录及所有子目录，并从 Windows XP 目录（一般为 C:\WINDOWS）下删除 ORACLE. INI、oradim73. INI、oradim80. INI、oraodbc. ini 等文件；在 WIN. INI 文件中若有 [ORACLE]的标记段，删除该标记段。

（8）删除所有与 Oracle 相关的 ODBC 的 DSN。

（9）在事件查看器中删除与 Oracle 相关的日志说明，如果有个别 DLL 文件无法删除，则不用理会，重新启动，开始新的安装，安装时，选择一个新的目录，安装完毕并重新启动后，原来的目录及文件就可以删除掉了。

思考题 2

1. 练习在 Windows 环境下安装 Oracle 11g。
2. 安装 Oracle 时，是否可以不创建数据库？
3. 与 Oracle 相关的 Windows 系统服务有哪些？

第 3 章

Oracle 11g 的常用工具

　　Oracle 11g 安装成功之后，会自动安装各种管理工具，为了使用这些工具对数据库进行管理，必须首先了解这些工具的功能以及它们的启动方法，本章将介绍几种常用的管理工具的功能和启动方法，以便读者可以通过这些工具进一步了解 Oracle 11g，并在以后的学习中使用它们。但是不会详细介绍各个工具的使用方法，使用这些工具进行具体管理的过程将在后面的相应章节中进行介绍。

- ✓ 掌握数据库配置助手的功能和使用方法；
- ✓ 掌握 Oracle 企业管理器的功能和使用方法；
- ✓ 掌握 SQL * Plus 的功能和使用方法。

3.1　数据库配置助手

数据库配置助手(Database Configuration Assistant)是一个图形化的工具,提供创建、删除数据库,配置现有数据库中的数据库组件以及管理数据库模板等功能。对于初学者来说,利用数据库配置助手创建数据库是一个应该掌握的方法。

数据库配置助手的启动从系统菜单开始,如图 3-1 所示,在"开始"菜单中选择"程序"→Oracle-OraDb11g_home1→"配置和移植工具"→Database Configuration Assistant 子菜单,就启动了数据库配置助手。

图 3-1　从"开始"菜单启动数据库配置助手

数据库配置助手的欢迎界面如图 3-2 所示。

图 3-2　数据库配置助手的欢迎界面

单击"下一步"按钮进入功能选择界面,如图 3-3 所示。在这里选择要求执行的功能,会打开相应的操作向导,用户只需按照向导进行操作就可以了。

图 3-3　功能选择界面

3.2　Oracle 企业管理器

　　Oracle 企业管理器(Oracle Enterprise Manager，OEM)是 Oracle 数据库的一个功能完善的图形化集成管理工具，用来管理本地数据库环境。

　　自从 Oracle 10g 之后，OEM 与 Oracle 9i 相比有了很大的变化，除了功能增强之外，结构也发生了变化，采用 HTTP/HTTPS 进行数据库访问，即采用三层结构访问 Oracle 数据库。

　　当 Oracle 11g 安装完成之后，OEM 数据库控制一般也就安装完毕，确认信息中会给出数据库 OEM 的 URL 地址，默认的端口号为 1158。例如主机 ty 上的 orcl 数据库的 OEM 地址为 https://ty:1158/em。可以使用两种方法打开企业管理器：直接在浏览器中输入 URL 地址或者通过菜单。

1. 直接在浏览器中输入 URL 地址打开 OEM

　　输入 URL 地址 https://ty:1158/em，系统弹出接收证书对话框，如图 3-4 所示，单击"是"按钮继续。

　　此时进入登录页面，要求用户提供登录 OEM 的用户名和口令，如图 3-5 所示。输入正确的用户名和口令(注意：使用在 2.2 节安装 Oracle 时为账户设置的口令，SYSTEM 用户的连接身份为 Normal，SYS 用户的连接身份为 SYSDBA)。

　　此处使用 SYSTEM 用户登录，登录成功后的 OEM 主页面如图 3-6 所示，其中显示了当前主机、实例状态、空间概要等与实例运行有关的信息。

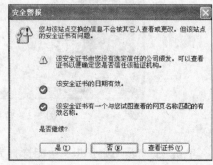

图 3-4　接收证书

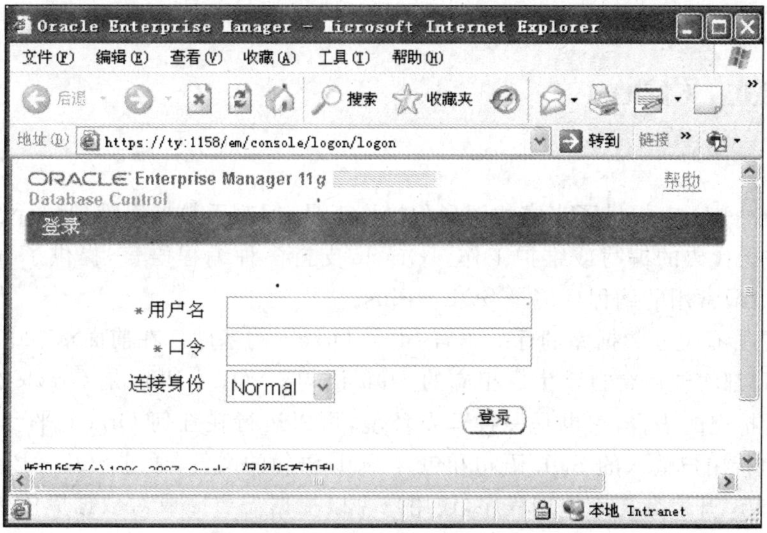

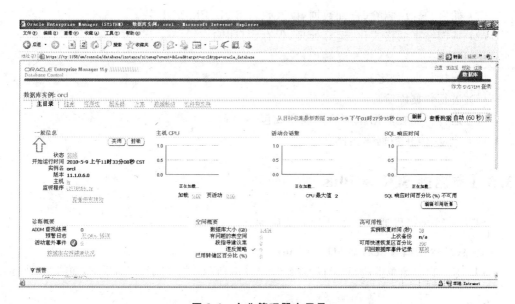

图 3-5　登录 Oracle 企业管理器

图 3-6　企业管理器主目录

OEM 的上方显示了它的各种功能,包括性能查看和调整、可用性管理(数据的备份和恢复)、服务器管理、方案管理、数据移动和支持。

2. 通过菜单打开 OEM

通过菜单打开 OEM 的方法是选择"程序"→Oracle-OraDb11g_home1→Database Control-orcl 命令,如图 3-7 所示。

图 3-7　通过菜单打开 OEM

3.3 SQL * Plus

虽然 Oracle 11g 提供了丰富的图形化操作工具,但对于数据库维护和管理人员来说,仍然需要进行代码的编写或维护工作。Oracle 支持多种编程语言,提供了程序运行、调试环境,其中最常用的编程环境是 SQL * Plus。

SQL 是所有关系数据库的标准语言,也是 Oracle 的基础。在前面章节中使用的多种图形化界面,都将在后台自动生成相应的 SQL 语句。SQL * Plus 是 Oracle 公司在 SQL 基础上进行扩充的语言,它也是一种开发环境,可以运行在任何 Oracle 平台上。SQL * Plus 可以执行用户输入的 SQL 语句和包含 SQL 语句的文件,通过 SQL * Plus 可以与数据库进行交互,开发数据库应用程序,使用户可以根据需要完成对数据库中数据的检索、格式化和控制等操作。

SQL * Plus 主要提供如下功能。

(1) 插入、修改、删除、查询数据,以及执行 SQL、PL/SQL 块。

(2) 查询结果的格式化、运算处理、保存、打印输出。

(3) 显示表的定义,并与终端用户交互。

(4) 连接数据库,定义变量。

(5) 进行数据库管理。

(6) 运行存储在数据库中的子程序或包。

(7) 启动/停止数据库实例。

3.3.1 启动 SQL * Plus

SQL * Plus 可以通过以下两种方式启动。

1. 从命令窗口直接启动 SQL * Plus

(1) 从"开始"菜单中选择"运行"命令(如图 3-8 所示),打开"运行"对话框,如图 3-9 所示。

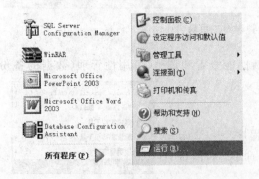

图 3-8 选择"运行"命令

图 3-9 "运行"对话框

输入命令 SQLPlus(或者输入 cmd 打开 DOS 命令窗口,再输入 SQLPlus),即可启动 SQL＊Plus 环境,如图 3-10 所示。

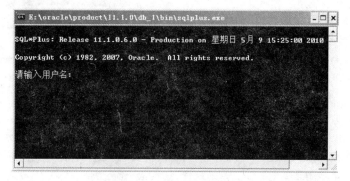

图 3-10　SQL＊Plus 环境

通常都是从 SQL＊Plus 连接数据库进行数据操作或者数据库控制的,根据提示输入目标数据库的合法用户名和口令,即可连接到指定的数据库,此时将显示 SQL＞提示符,如图 3-11 所示,下面就可以编辑命令执行所需的操作了。

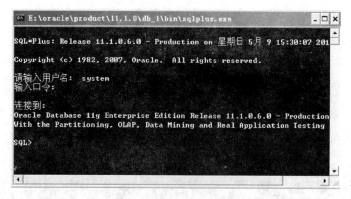

图 3-11　连接到数据库

也可以在"运行"对话框中直接输入登录用户\口令登录到 SQL＊Plus,然后根据提示输入登录口令,如图 3-12、图 3-13 所示。

图 3-12　以指定用户登录　　　　　　　　　图 3-13　以指定用户连接到数据库

如果希望以 sysdba 身份登录,则输入"sqlplus"/as sysdba"",直接登录数据库,如图 3-14 所示。

2. 从"开始"菜单启动 SQL ＊ Plus

从"开始"菜单中选择"程序"→ Oracle-OraDb11g_home1→"应用程序开发"→SQL Plus 命令(如图 3-15 所示),打开 SQL ＊ Plus 环境,根据提示输入用户名、口令,其他操作与上一种方式相同。

图 3-14　以 sysdba 身份登录

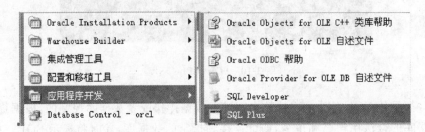

图 3-15　从"开始"菜单启动 SQL ＊ Plus

3.3.2　SQL ＊ Plus 的编辑功能

　在 SQL ＊ Plus 中,在 SQL> 提示符后输入命令或者 SQL 语句时,命令以分号结束,然后按回车键执行,如图 3-16 所示。如果 SQL 语句的结尾没有";",SQL ＊ Plus 会认为语句还没有结束,自动转换到下一行等待输入。

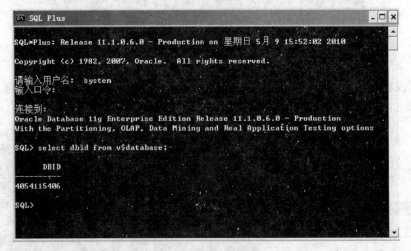

图 3-16　在 SQL ＊ Plus 中执行 SQL 语句

SQL ＊ Plus 可以执行 SQL 语句,语句执行完成后,保存在一个称为 SQL buffer 的内存区域中,并且只能保存最近执行的一条 SQL 语句,可以对保存在 SQL buffer 中的 SQL

语句进行修改,然后再次执行。

除了 SQL＊Plus 语句,在 SQL＊Plus 中执行的其他语句称为 SQL＊Plus 命令。这些命令执行完成后,不保存在 SQL buffer 的内存区域中,它们一般用来执行编辑功能或者对输出的结果进行格式化显示,以便于制作报表。

1. 行编辑命令

表 3-1 是 SQL＊Plus 的行编辑命令汇总。

表 3-1 SQL＊Plus 的行编辑命令

命　　令	说　　明
A[PPEND]text	在行的结尾添加文本
C[HANGE]/old/new	将当前行中的文本 old 替换成文本 new
C[HANGE]text	从当前行删除 text
CL[EAR]BUFF[ER]	删除缓冲区中的所有行
DEL	删除当前行
DEL n	删除第 n 行
DEL m n	删除从第 m 行到第 n 行的所有内容(n 可以是 last)
I[NPUT]text	在当前行后面添加一个新行,内容为 text
L[IST]	列出所有行
L[IST]n	列出第 n 行
L[IST]m n	列出第 m 行至第 n 行
L[IST]＊	列出所有行
R[UN]	显示并运行缓冲区中的当前命令
n	将第 n 行设置为当前行
n text	用 text 文本的内容替代第 n 行
o text	在第一行之前插入 text 指定的文本

其中较长的命令可以简写,表中命令表达式方括号中的内容就是可省略的。

下面通过一些实例介绍几个常用命令的使用方法。

(1) LIST

① 命令格式:

```
L[IST][n |n m| n ＊ | n last | ＊ | ＊ n | ＊ last |last ]
```

其中,＊表示当前行,n 和 m 表示指定的行号,last 表示最后一行。

② 实例:假设在语句缓冲区中有如下 SQL 查询语句:

```
SQL > SELECT no, name
2 FROM student_info
3 WHERE name IN('Tom','Jan');
```

应用 LIST 命令:

```
SQL>L -- 命令简写,大小写皆可
```

则显示下列内容：

```
1 SELECT no, name
2 FROM student_info
3 *  WHERE name IN('Tom','Jan'); -- 加 * 表示此行为当前行
```

上述命令语句后的两条横线--表示后面的内容为注释（如第 3 行--后面的内容），这是为了对命令进行解释所加的说明。

（2）APPEND

① 命令格式：

```
A[PPEND] text
```

② 实例：假设要在上述语句的 SELECT 子句中增加出生日期，则可以在第 1 行的末尾追加一个 birthday 列，而不用重新输入语句，编辑操作如下：

```
SQL>1 -- 将第 1 行指定为当前行
SQL>a,birthday -- 在第 1 行最后追加 birthday 列
SQL>L -- 重新显示语句内容
1     SELECT no,name, birthday -- 追加 birthday 内容
2     FROM student_info
3 *   WHERE name IN('Tom', 'Jan')
```

（3）CHANGE

① 命令格式：

```
C[HANGE] /old /new
```

② 实例：将上述语句第 3 行中的'Tom'、'Jan' 替换为'Ton'、'Jaw'。
编辑操作如下：

```
SQL>3 -- 将第 3 行指定为当前行
SQL>c /('Tom','Jan')/('Ton','Jaw')/
SQL>L 3 -- 重新显示第 3 行内容
3 *   where name in('Ton','Jaw') -- 显示的内容表示已经成功替换
```

（4）INPUT

① 命令格式：

```
I[NPUT]
```

② 实例：在上述查询语句后添加一行。
假设当前语句行为第 3 行，增加查询条件 no>120，编辑操作如下：

```
SQL>i and no>120 -- 使用添加语句添加 and no>120
SQL>l            -- 显示语句内容,语句用小写字母
1 SELECT no,name, birthday
2 FROM student_info
3 WHERE name IN('Tom', 'Jan')
4 *  AND no>120   -- 显示结果表示添加成功
```

(5) DEL

① 命令格式：

```
D[EL]
```

② 实例：删除第一行。

```
SQL > DEL 1      -- 如果语句后不带行号,则表示要删除的行是当前行
```

2. 文件操作命令

SQL * Plus 的文件操作命令如表 3-2 所示。

表 3-2　SQL * Plus 的文件操作命令

命　　令	说　　明
SAV[E]filename	将 SQL 缓冲区的内容保存到指定的文件中,默认的扩展名是. sql
GET filename	将指定的文件内容装入 SQL 缓冲区
STA[RT]filename	运行由 filename 指定的文件
@ filename	和 START 的功能相同
ED[IT]	调用编辑器,并将缓存区的内容保存到文件中
ED[IT]filename	调用编辑器,编辑指定的文件内容
SPO[OL]filename	将查询结果放进文件中
EXIT	退出 SQL * Plus

下面通过实例说明几个常用命令的用法。

(1) SAVE

编辑好的 SQL 语句可以使用此命令存盘,以便以后使用或进一步编辑。如果文件已经存在,则替换。

① 命令格式：

```
SAV[E] filename
```

② 实例：将当前缓冲区的内容保存到指定文件夹中。

```
SQl > SAVE   E:\student\queryByName.sql
```

(2) GET

该命令用于将文件中的内容装入到缓冲区中,以便执行或进一步编辑。

① 命令格式：

```
GET filename
```

② 实例：将保存在 E 盘 student 文件夹中的文件 queryByName. sql 装入缓冲区中。

```
SQl > GET E:\student\queryByName.sql
```

(3) START

该命令用于运行文件。

① 命令格式：

```
STA[RT] filename
```

② 实例：运行磁盘上的命令文件。

```
SQL > START E:\student\queryByName.sql
```

3.3.3　退出 SQL ＊Plus

退出 SQL Plus 的命令是 EXIT。也可以在 SQL Plus 和 DOS 命令之间切换，方法是在 SQL＞提示符下输入命令 host，则提示符会变为 DOS 提示符：E:\oracle\product\11.1.0\db_1\BIN。执行 DOS 命令结束后，在 DOS 提示符下输入命令 exit，返回到SQL ＊Plus 环境，如图 3-17 所示。

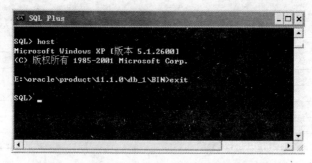

图 3-17　在 SQL ＊Plus 和 DOS 命令之间切换

思考题 3

1. 数据库配置助手(Database Configuration Assistant，DBCA)具有哪些功能？

2. 进入 Oracle 企业管理器(Oracle Enterprise Manager，OEM)有几种方法？一个Oracle 数据库的 URL 地址包含哪些信息？

3. 说明 SQL ＊Plus 的功能。

4. 在 SQL ＊Plus 环境中练习行编辑命令。

5. 在 SQL ＊Plus 中编辑一段 SQL 语句，例如：

```
SQL > select Sno, Sname, Sgrade
2 from score
3 where Sname in('Tom', 'Jan')
4 * and Sno > 120
```

(1) 将这段 SQL 语句保存到"D:\ora-study\sql\"路径下的 saveSQL. sql 文件。

(2) 将上述文件装入缓冲区，第 3 行中 in('Tom', 'Jan')替换为 not in('Tom', 'Jan')，并且删除第 4 行。

(3) 在第 1 行末尾添加另一个字段名"Sclass"。

(4) 重新保存这段 SQL 语句。

第 **4** 章

数据库的创建、启动和关闭

对于任何一个应用开发工程,数据库设计都是一个重要的阶段。数据库设计包括物理设计和逻辑设计两方面。逻辑设计涉及数据库中的各种对象,特别是数据表之间的逻辑关系设计。物理设计是对数据库的存储结构进行设计,以提高数据库的存储和访问性能。本章将介绍 Oracle 数据库的物理设计原则,数据库的创建、启动和关闭方法。

✓ 了解 Oracle 数据库的物理设计原则;
✓ 掌握数据库的创建方法;
✓ 掌握数据库的启动和关闭方法。

4.1　数据库设计方法

数据库是相互关联的数据集合,它是一个大容器,把一个应用数据库系统的所有对象(表、索引、视图、簇、过程、函数和包等)都包含在里面,进行统一的管理。用户只有和一个确定的数据库连接,才能使用和管理该数据库中的数据。

Oracle 数据库可以存储、管理用户和数据。要使用数据库存储和管理数据,必须首先创建数据库。数据库设计的好坏将对其性能产生直接影响。在这一章里将从理论和实践两个方面讲述关于 Oracle 数据库设计和实现的方法。

对于任何数据库系统,数据库设计都包括两个部分:一部分是数据库的逻辑设计,内容包括对应于概念级的概念模式,即数据库管理系统要处理的数据库全局逻辑结构,也包括对应于用户级的外模式;另一部分是数据库的物理设计,这是在逻辑结构已经确定的前提下设计数据库的存储结构(即对应于物理级的内模式)。这两部分的设计过程可分为6 个阶段,如图 4-1 所示。

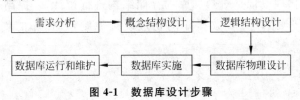

图 4-1　数据库设计步骤

4.1.1　数据库的逻辑设计

逻辑设计是根据数据库的功能要求,在需求分析的基础上,收集和分析数据管理中信息的内容和用户的处理要求。首先要了解数据库所管理的数据将覆盖哪些部门,每个部门的数据来自何处,它们是依照什么原则来处理和加工这些数据的,在处理完毕后输出哪些信息到其他部门。其次要确定系统的边界,在与用户充分讨论的基础上,确定计算机数据处理范围,确定哪些工作要由人工来完成,确定人机接口界面,最后得到业务信息流程图。

业务流程图需要最后转化为数据模型,确定表、索引以及它们之间的关系。

逻辑设计的最后一步是数据模型的优化,适当地调整、修改数据模型的结构,提高数据库应用系统的性能。

4.1.2　数据库的物理设计

数据库的物理设计是对给定的逻辑数据模型选取一个物理结构,使这个物理结构在最大限度上适应应用环境,主要指数据库在物理设备上的存储结构和存取方法。

在需求分析阶段需要确定数据库表结构,详细到每个表所包含的字段以及字段长度。

根据表和表的各个字段长度以及记录数量对数据库的数据量和访问量做出估计,这些估计在创建数据库时作为设置数据库参数的依据。

在创建数据库之前,还要考虑数据库的逻辑配置对数据库性能的影响,为此 Oracle 公司对 Oracle 的表空间设计提出了一种优化结构 OFA(Optimal Flexible Architecture)。OFA 把整个数据库分为 16 个表空间,为不同的系统和用户数据及系统工具提供相互独立的表空间,以使系统结构最优化,避免在进行数据和程序调用时的 I/O 冲突。符合这些规则的系统,其变化的段类型不会干扰彼此之间的需求,在数据库管理过程中,可以针对问题分别解决,当出现段碎片或自由空间碎片时,系统也会大大简化解决方法。OFA 结构是一个最理想的结构模型,在实际设计系统时,可以根据系统的实际情况对这些规则进行取舍,一般应该体现表 4-1 所示的表空间分配方案。

表 4-1　优化数据库逻辑设计表空间分配方案

序号	表空间名称	使 用 范 围	权值所占百分比/%
1	SYSTEM	数据字典	35
2	DATA	标准操作表	100
3	DATA_2	静态表	3
4	INDEX	标准操作索引表	35
5	INDEX_2	静态表索引	2
6	RBS	标准操作回滚段	35
7	RBS_2	数据装载中的指定回滚段	2
8	TEMP	标准操作临时段	5
9	TEMP_UESR	指定用户创建的临时段	2
10	TOOLS	RDBMS 工具表	5
11	TOOLS_1	用户频繁使用 RDBMS 工具表的索引	1
12	USER	数据库中的用户对象	5

根据系统的运行时 I/O 及存储的数据量分析,90% 以上的操作集中在 DATA、SYSTEM、RBS 和 INDEX 这 4 个表空间中,为了分配这些 I/O,至少需要 5 个磁盘,4 个用于放置这 4 个表空间,第 5 个分配给其他表空间。

根据权值情况,可以得出这样的结论:DATA 表空间应当与 INDEX 表空间分别存储,RBS 表空间应当与 DATA 表空间分别存储,SYSTEM 表空间单独存储,这样就避免了数据文件的 I/O 冲突。表 4-2 显示了一般系统都可以采用的 7 磁盘方案。

表 4-2　系统磁盘规划设计方案

磁盘序号	存 放 内 容
1	Oracle 软件
2	SYSTEM 表空间,控制文件 1
3	RBS、TEMP、TOOLS 表空间,控制文件 2
4	DATA 表空间,控制文件 3
5	INDEX 表空间
6	联机日志文件 1、2、3,转储文件
7	应用软件、归档日志文件

4.2　创建数据库

在 Oracle 中创建数据库的方法有以下两种。

（1）编写并运行 SQL＊Plus 脚本创建。

（2）使用 Oracle 的数据库配置助手创建。

前一种方法虽然具有很大的灵活性，但是如果要根据设计要求对数据库参数进行完整和正确的设置，则要求用户熟练掌握 Oracle 数据库创建的语法和参数用法，所以，对于初学者来说，使用后一种方法是明智的选择。本章将介绍以上两种创建数据库的方法。

4.2.1　使用 Oracle 数据库配置助手创建数据库

下面用一个例子来说明使用 Oracle 数据库配置助手创建数据库的操作步骤和一些参数的意义及设置方法。

如图 4-2 所示，在"开始"菜单中选择"程序"→Oracle-OraDb11g_home1→"配置和移植工具"→Database Configuration Assistant 命令，启动数据库配置助手。

图 4-2　从"开始"菜单启动数据库配置助手

（1）数据库配置助手的欢迎界面如图 4-3 所示。直接单击"下一步"按钮开始创建数据库，如图 4-4 所示。

图 4-4 所示的操作选择界面包括以下 5 个选项。

① 创建数据库：创建数据库或模板，在选择所使用的数据库模板时，既可以选择定制的数据库模板，也可以选择带有数据文件的模板。如果选择定制的数据库模板（不带数据文件），则可以将数据库创建信息保存为脚本，以后可以使用此脚本来创建类似的数据库。

② 配置数据库选件：完成将配置从专用服务器更改为共享服务器的步骤，还可以添加以前没有的数据库配置的数据库选件。

③ 删除数据库：删除与所选数据库关联的所有文件。

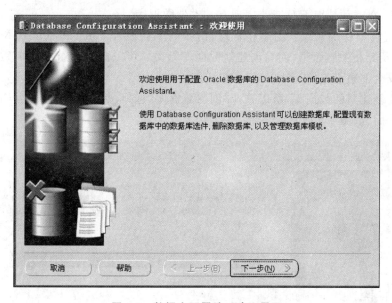

图 4-3　数据库配置助手欢迎界面

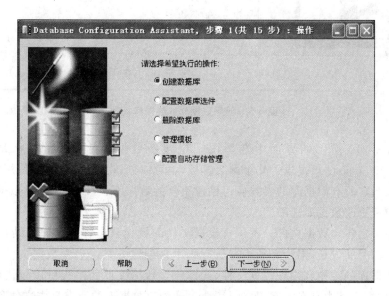

图 4-4　创建数据库：操作

　　④ 管理模板：完成创建和管理数据库模板的步骤。数据库模板将数据库定义以 XML 文件格式保存到本地硬盘上。DBCA 提供了几种预定义的模板，可以使用这些模板创建数据库。如果选择"管理模板"选项，则可使用 3 种方法创建模板：方法一，从现有模板创建，即使用预定义的模板设置创建新模板，可以添加或更改任何模板设置，如参数、存储或使用定制脚本；方法二，从现有数据库（仅限结构）创建，即可以创建与现有数据库结构相同的新模板，其中包括表空间和存储，在这种情况下可以使用现有的本地或远程数据库；方法三，从现有数据库（结构及数据）创建，即可以根据现有数据库的结构和数

据创建模板,在这种情况下只能使用现有的本地数据库。

⑤ 配置自动存储管理:创建和管理自动存储管理(Automated Storage Management,ASM)实例及其相关磁盘组,而与创建新数据库无关。可以向磁盘组中添加磁盘、装载某个磁盘组或全部磁盘组,或者创建 ASM 实例。

这里要创建新的数据库,所以选择"创建数据库"选项,然后单击"下一步"按钮打开数据库模板界面,如图 4-5 所示。

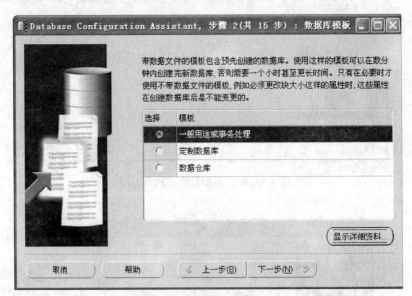

图 4-5 创建数据库:数据库模板

(2) 在图 4-5 所示的界面中选择用于创建新数据库的模板。默认地,Database Configuration Assistant 提供了几个预装模板,也可以创建自己的模板。使用模板的好处是无须再次指定所有数据库的参数便可创建重复的数据库,可以快速完成数据库的创建,也可以从模板更改数据库选项。

模板不一定包含数据文件。不包含数据文件的模板只包含数据库的结构,但是创建数据库花费的时间较长,因为必须运行所有脚本来创建方案。包含数据文件的模板同时包含现有数据库的结构和物理数据文件,选择包含数据文件的模板可以较快地创建数据库,因为在数据文件中存在方案,另外,还会自动创建数据库的所有日志文件和控制文件。可以添加/删除控制文件、日志组,更改数据文件的目标位置和名称。

但是使用包含数据文件的数据库模板创建时无法添加或删除数据文件、表空间或回退段,只允许更改数据库名称、数据文件的目标位置、控制文件、重做日志组和初始化参数。

从列表中选择模板后,单击"显示详细资料"按钮可以找到与所选模板对应的完整详细信息。详细报告以 HTML 格式显示,报告中包含有关初始化参数、控制文件、数据文件、表空间、数据库选项、变量(如果已使用)、定制脚本(如果已使用)和重做日志组在内的数据库创建参数信息,如图 4-6 所示。

图 4-6　模板详细资料显示

单击"另存为 HTML 文件"按钮可将模板的这些详细资料保存为 HTML 文件。以后如果需要优化数据库、查看详细资料或解决性能方面的问题,可以参考这些信息。

(3) 接下来为数据库指定标识,如图 4-7 所示。

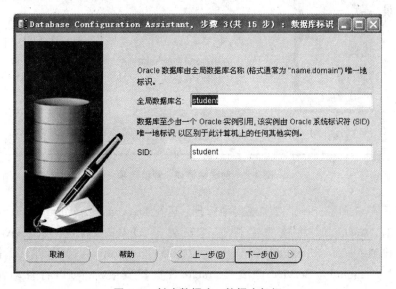

图 4-7　创建数据库:数据库标识

在图 4-7 所示的界面中指定数据库的全局数据库名和系统标识符(SID)来标识数据库。Oracle 数据库由全局数据库名唯一标识,全局数据库名是唯一标识数据库的名称,以便将其与任何其他数据库区分开。全局数据库名的格式为:＜database_name＞.＜database_domain＞,如 test. us. acme. com,其中 test 是数据库名称,数据库名不能超过 8 个字符,并且只能包含字母和数字字符,us. acme. com 为数据库所在的域,域部分不能超过 128 个字符,并且只能包含字母、数字和句点(.)字符。

SID 即系统标识符,对于任何数据库,都至少有一个引用数据库的实例,SID 是 Oracle 数据库实例的唯一标识符,最多只能包含 8 个字母和数字字符。SID 可以是未被此计算机上其他实例使用的任何名称。如果未设置 SID,就不能更改数据库配置设置或删除数据库。对于 Windows 操作系统,可以输入数据库的 SID 或接受默认 SID。每个数据库实例都对应一个 SID 和一系列数据库文件。例如,当创建 SID 为×××的数据库时,将同时创建数据库实例及其数据库文件(初始化参数文件、控制文件、重做日志文件和数据文件)。

(4) 在图 4-8 所示的对话框中设置数据库管理选项,以便可以通过 Oracle Enterprise Manager 对其进行管理。Oracle Enterprise Manager 为管理各个数据库实例提供了基于 Web 的管理工具,为管理整个 Oracle 环境提供了集中管理工具。其中各选项的功能如下。

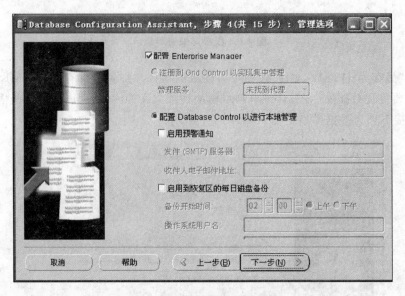

图 4-8   创建数据库:管理选项

① 注册到 Grid Control 以实现集中管理:运行 Database Configuration Assistant 创建数据库时,Assistant 将检查主机是否安装了 Oracle Management Agent。如果 Assistant 找到 Oracle Management Agent,应选择 Grid Control 选项,并从下拉列表中选择 Oracle Management Service 选项。Oracle 数据库安装完毕后,将自动作为 Oracle Enterprise Manager Grid Control 中的受管目标。

　　注意使用此选项的前提是必须通过 Oracle 数据库安装套件中附带的、单独的 CD-ROM 安装 Oracle Enterprise Manager Grid Control 及其相关组件。

　　② 配置 Database Control 以进行本地管理：如果不通过 Grid Control 集中管理 Oracle 环境，还可以使用 Oracle Enterprise Manager 来管理数据库。安装 Oracle 数据库时，会自动安装 Oracle Enterprise Manager Database Control，它提供了基于 Web 的功能，用于监视和管理安装的单实例或集群数据库。

　　③ 启用预警通知：选择 Database Control 管理选项后，可以配置 Enterprise Manager，以便通知可以在安装后立即启用。如果希望在指定情形的度量达到严重阈值或警告阈值时，SYSMAN 用户（默认的超级管理员和管理资料档案库方案的所有者）会收到预警通知，则可以选择"启用预警通知"选项。例如，当目标的性能下降或存在数据库空间使用问题时，Enterprise Manager 会发出预警。

　　④ 启用到恢复区的每日磁盘备份：启用整个数据库的自动每日备份。选择此选项可以使用 Oracle 建议的备份策略，通过最少的配置备份整个数据库。选中此选项后，Enterprise Manager 将进行配置，以便在安装 Oracle 数据库后根据用户在图 4-8 所示的对话框中输入的备份开始时间备份数据库。

　　(5) 如图 4-9 所示，可以通过最重要的数据库管理员账户的口令来保护数据库的安全。可以设置单个口令，应用于所有数据库用户账户；也可以为每个账户单独提供唯一的口令，以提高账户的安全性。表 4-3 对图 4-9 所示的对话框中的每一个账户的功能进行了说明，这些账户是必须被保护的账户，即必须为他们设置密码。

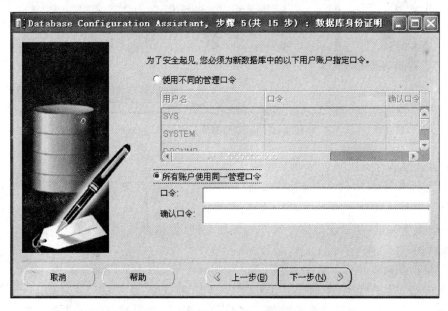

图 4-9　创建数据库：数据库身份证明

表 4-3　Oracle 默认的受保护账户及其功能

账　户	说　　明
SYS	拥有数据字典的所有基表和用户可访问的视图。任何 Oracle 用户都不应该更改 SYS 方案中包含的任何行或方案对象,因为此类操作会破坏数据的完整性
SYSTEM	SYSTEM 用户用于创建显示管理信息的其他表和视图,以及各种 Oracle 选件和工具使用的内部表与视图
DBSNMP	Enterprise Manager 使用 DBSNMP 用户来监视数据库,访问有关数据库的性能统计信息。DBSNMP 身份证明有时称为监视身份证明
SYSMAN	代表 Enterprise Manager 超级管理员账户。此 Enterprise Manager 管理员可以创建和修改其他 Enterprise Manager 管理员账户,并可以管理数据库实例本身

(6) 接下来设置数据库的存储选项,首先选择数据库文件的存储机制,如图 4-10 所示。

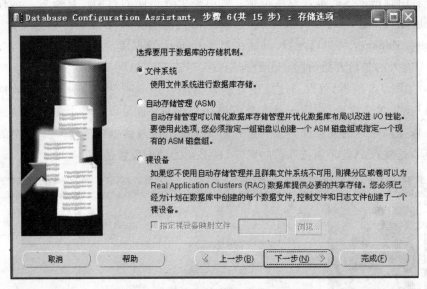

图 4-10　创建数据库:存储选项

可供选择的存储机制包括如下几种。

① 文件系统:选择“文件系统”选项可以在当前文件系统的目录中保存和维护单实例数据库文件。在默认情况下,Database Configuration Assistant 将使用灵活的体系结构保存数据库文件,从而使数据库文件和管理文件(包括初始化文件在内)遵循标准命名和位置惯例。

② 自动存储管理(ASM):ASM(Automated Storage Management)是 Oracle 10g 推出的新功能,是一个卷管理器,用于替代操作系统所提供的 LVM(Logic Volume Management)。当磁盘数过多或数据文件数量过多时,管理数据库文件是一件非常麻烦的事情。ASM 通过称为“磁盘组”的逻辑单元来管理数据文件,一个磁盘组对应一组磁盘设备,管理员不必直接管理数据文件,而是通过 ASM 来实现磁盘 I/O 均衡、条带化和磁盘镜像。

③ 裸设备：裸设备是指不受文件系统管理的磁盘或磁盘分区。但是只有当站点至少拥有与 Oracle 数据文件一样多的裸磁盘分区时，才能使用此选项。

（7）接下来在图 4-11 所示的对话框中设置数据库文件的存储位置，有以下 3 个选项。

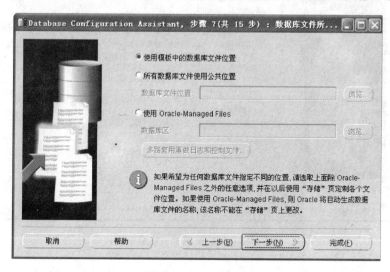

图 4-11 创建数据库：数据库文件存储位置

① 使用模板中的数据库文件位置：此选项指定数据库文件存放在所用数据库模板中的预定义位置。但是由此选项确定的文件位置可以在随后的"存储"页中进行适当的修改。

② 所有数据库文件使用公共位置：使用此选项可以为所有数据库文件指定一个新的公共位置。选择了此选项并提供了一个新位置之后，可以在随后图 4-20 所示的页面中进行适当的修改。

③ 使用 Oracle-Managed Files：使用此选项可以简化 Oracle 数据库的管理。利用由 Oracle 管理的文件，DBA 将不必直接管理构成 Oracle 数据库的操作系统文件。用户则根据数据库对象而不是文件名来指定操作。与此对话框中的其他选项不同，选择此选项后不能再进行修改。

（8）创建新数据库时，务必配置数据库使得数据库可以在系统发生故障时恢复数据。在图 4-12 所示的对话框中可以指定快速恢复区并启用归档。

① 指定快速恢复区：快速恢复区可以用于恢复数据，以免系统发生故障时丢失数据。如果此前在 Database Configuration Assistant 的"管理选项"对话框中启用了本地管理和每日备份功能，Enterprise Manager 也将使用快速恢复区。快速恢复区为 Oracle 管理的目录、文件系统或为备份和恢复文件提供集中磁盘位置的"自动存储管理"磁盘组。Oracle 在快速恢复区中创建归档日志。Enterprise Manager 可以在快速恢复区中存储其备份，并在介质恢复过程中还原文件时使用它。Oracle 恢复组件与快速恢复区交互，以确保数据库完全可使用快速恢复区中的文件恢复。发生介质故障后恢复数据库所需的所有文件都包含在快速恢复区中。指定快速恢复区时，必须在快速恢复区大小字段中设置恢复区的大小。

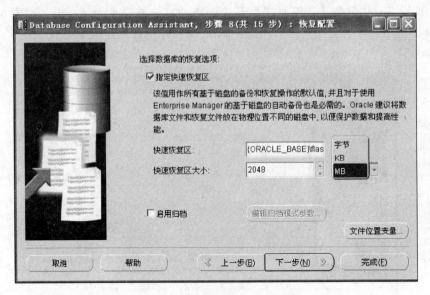

图 4-12　创建数据库：恢复配置

② 启用归档：启用归档后，数据库将归档其重做日志。归档重做日志也可以用来恢复数据库、更新备用数据库，或获得有关使用 LogMiner 实用程序的数据库历史记录信息。启用归档的效果与打开 Oracle Enterprise Manager 中的归档日志模式或以 ARCHIVELOG 模式运行数据库的效果相同。要使数据库能够从磁盘故障中恢复，必须启用归档。可以使用默认的归档日志模式设置，也可以通过编辑归档模式参数来提供数据库的特定归档参数。

数据文件、控制文件、重做日志文件和数据库使用的其他文件的参数化文件位置被 Oracle 称为文件位置变量，图 4-13 显示了以上步骤中设定的文件位置变量。

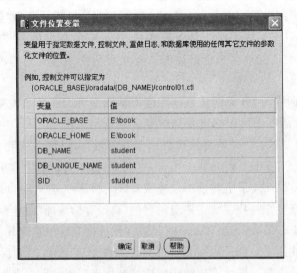

图 4-13　文件位置变量

（9）Oracle 提供了一些示例方案，包括人力资源、订单输入、联机目录、产品介质、信息交换和销售历史记录等，可以用于某些演示程序或者作为调试的数据。如果需要使用这些示例方案，需要在图 4-14 中选中"示例方案"复选框。

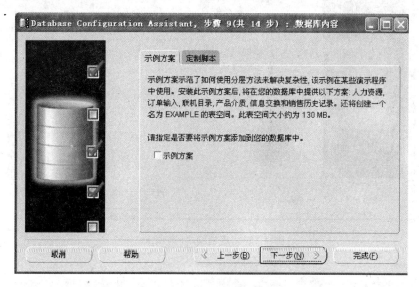

图 4-14　"示例方案"选项卡

其中，人力资源（HR）方案是基本的关系数据库方案，在 HR 方案中有 6 张表：雇员、部门、地点、国家/地区、工作和工作历史；订单输入（OE）方案具有到 HR 方案的链接，是建立在完全的关系型人力资源（HR）方案的基础上的，该方案具有某些对象关系和面向对象的特性，其中包含 7 张表：客户、产品说明、产品信息、订单项目、订单、库存和仓库；产品介质（PM）方案包含两张表 online_media 和 print_media，一种对象类型 adheader_typ，以及一张嵌套表 textdoc_typ，PM 方案包含 interMedia 和 LOB 列类型（要使用 interMedia Text，必须创建 interMedia Text 索引）；销售历史（SH）方案是关系型方案的示例，它包含一张大范围分区的事实表 SALES 和 5 张维度表：TIMES、PROMOTIONS、CHANNELS、PRODUCTS 和 CUSTOMERS。选中"示例方案"复选框后，Database Configuration Assistant 可以自动安装示例方案，也可以以后手动安装。

此对话框的第二个选项卡是"定制脚本"，如图 4-15 所示。如果希望在创建数据库之后自动运行某些脚本，如创建表、插入数据等，可以在这里按预定的运行顺序添加脚本。

（10）对数据库的初始化参数进行设置，包括内存、调整大小、字符集及连接模式，如图 4-16 所示。

① "内存"选项卡：用于设置数据库管理其内存使用量的初始化参数，可以选择"典型"和"定制"两种基本的内存管理方法。其中，典型参数配置只需指定 Oracle 所用内存区的大小。定制方式需要进行较多的配置，但是可对数据库如何使用可用系统内存进行更多的控制。

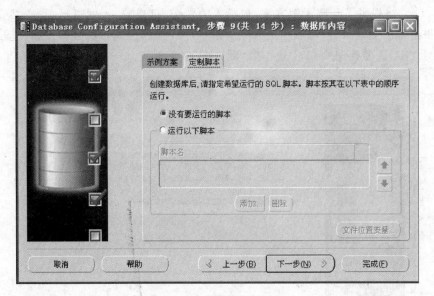

图 4-15 "定制脚本"选项卡

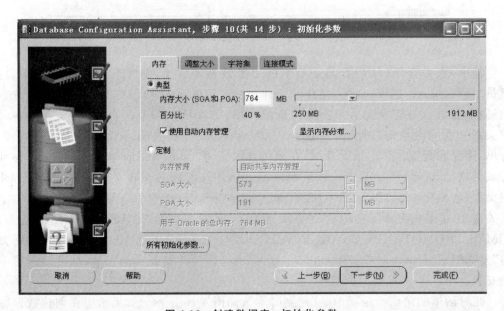

图 4-16 创建数据库：初始化参数

　　使用典型的内存管理方法时可以通过调整滑块控制，从某一连续值范围中分配的内存大小(SGA 和 PGA)，必须分配的最小内存值为 250MB，这也是所有计算机的默认值。百分比字段的值表示在可用系统内存中将分配给 Oracle 数据库的百分比。基于此值，Database Configuration Assistant 将自动向数据库内存结构分配最有效的内存量。为了允许 Oracle 实例自动管理实例内存，大多数平台要求用户仅设置初始化参数 MEMORY_TARGET。如果选中"使用自动内存管理"，数据库实例将自动管理 SGA 和 PGA 大小；

如果清除"自动内存管理"复选框,实例以适合内存大小(SGA 和 PGA)的值,在系统全局区(SGA)和聚集程序全局区(PGA 聚集)之间重新分配内存。"内存大小(SGA 和 PGA)"初始化参数是动态的,可以在数据库使用过程中随时更改该值,而无须重新启动数据库。

如果用户是一位经验丰富的数据库管理员,并且要对 Oracle 数据库的内存分配提供更多的控制,则选中"定制"单选按钮,向 SGA 和 PGA 分配特定内存量。

单击"显示内存分布"按钮可以查看分配给 SGA 和 PGA 的内存。

② "调整大小"选项卡:用于设置 Oracle 数据库块大小和同时连接的最大进程数。

a. 块大小:以字节为单位输入 Oracle 数据库块的大小,或采用默认值。Oracle 数据库中的数据存储在这些块中。一个数据块对应磁盘上特定字节数的物理数据库空间。

b. 进程:指定可以同时连接到 Oracle 的最大操作系统用户进程数。该值应适用于所有后台进程,例如锁、作业队列进程和并行执行进程。

③ "字符集"选项卡:在计算机屏幕上显示字符时所使用的编码方案。所选的字符集确定了可以在数据库中表示的语言,而且还会影响创建数据库方案的方式、开发用于处理字符数据的应用程序的方式、数据库与操作系统　起工作的方式、性能以及存储字符数据所需的存储空间。字符集的确定会影响以 CHAR 数据类型存储的数据、标识符以及 SQL 和 PL/SQL 程序源代码。

a. 使用默认值:如果对于所有数据库用户和数据库应用程序只需要支持操作系统当前使用的语言,则选择此选项。

b. 使用 Unicode(AL32UTF8):如果对于数据库用户和数据库应用程序需要支持多种语言,则选择此选项。

c. 从字符集列表中选择:如果希望 Oracle 数据库使用除操作系统所使用的默认字符集之外的字符集,则选择此选项。

d. 国家字符集:是一个备用字符集,利用此字符集可以在没有 Unicode 数据库字符集的数据库中存储 Unicode 字符。选择国家字符集的其他原因还包括对于频繁的字符处理操作,不同的字符编码方案可能更为理想;使用国家字符集时编程更容易。对国家字符集的选择不会影响数据库字符集。

e. 默认语言:通过默认语言设置可以确定数据库如何支持与区域设置相关的信息,例如:日和月份的名称及其缩写 A. M.、P. M.、A. D. 和 B. C. 的等价表示方法的符号。

f. 默认地区:此选项将影响默认时间显示方式。小时、日、月和年的显示方式有很多种,可以通过选择默认地区来使用符合本国习惯的方式。例如,英国使用 DD-MON-YYYY 格式显示日期,而日本通常使用 YYYY-MM-DD 格式来显示日期。

④ "连接模式"选项卡:用于选择数据库的连接模式。可供选择的模式有专用服务器模式和共享服务器模式两种。

a. 专用服务器模式下的 Oracle 数据库要求每个用户进程拥有一个专用服务器进程。每台客户机拥有一个服务器进程。Oracle Net 把现有服务器进程地址发回客户机,然后客户机将其连接请求重新发送到服务器地址。在下列情况下应选择专用服务器模式：在数据仓库环境中使用数据库；只有少数客户机连接到数据库；数据库客户机将对数据库发出持久的、长时间运行的请求。

　　b. 处于共享服务器模式（也称为多线程服务器模式）下的 Oracle 数据库配置允许多个用户进程共享部分服务器进程，因此可以支持的用户数增加。例如许多用户进程可以连接到一个调度程序。共享服务器可在用户数量增加时减少总内存的使用量。在联机事务处理（OLTP）环境中使用数据库时应选择共享服务器模式。

　　各种参数配置完成后，单击"所有初始化参数"按钮可以查看这些参数，如图 4-17 所示。

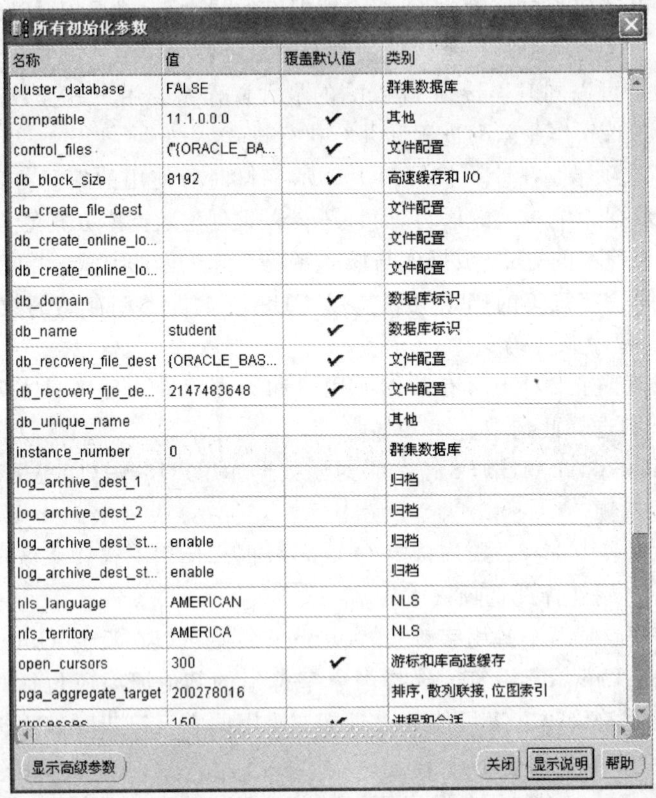

名称	值	覆盖默认值	类别
cluster_database	FALSE		群集数据库
compatible	11.1.0.0.0	✔	其他
control_files	("{ORACLE_BA...	✔	文件配置
db_block_size	8192	✔	高速缓存和 I/O
db_create_file_dest			文件配置
db_create_online_lo...			文件配置
db_create_online_lo...			文件配置
db_domain		✔	数据库标识
db_name	student	✔	数据库标识
db_recovery_file_dest	{ORACLE_BAS...	✔	文件配置
db_recovery_file_de...	2147483648	✔	文件配置
db_unique_name			其他
instance_number	0		群集数据库
log_archive_dest_1			归档
log_archive_dest_2			归档
log_archive_dest_st...	enable		归档
log_archive_dest_st...	enable		归档
nls_language	AMERICAN		NLS
nls_territory	AMERICA		NLS
open_cursors	300	✔	游标和库高速缓存
pga_aggregate_target	200278016		排序、散列联接、位图索引
processes	150	✔	进程和会话

显示高级参数　　　　　　　　　　关闭　显示说明　帮助

图 4-17　显示初始化参数

　　（11）在"安全设置"对话框（图 4-18）中进行数据库的安全设置，从而保护数据库。

　　在图 4-18 所示的对话框中可以选择默认的 Oracle Database 11g 安全设置，或者还原为 Oracle Database 11g 之前的安全设置。可以启用或禁用所选数据库的审计和口令概要文件设置。

　　选择"保留增强的 11g 默认安全设置（建议）"选项，Database Configuration Assistant（DBCA）将自动运行脚本以便用增强的 Oracle Database 11g 安全设置来配置数据库。选择"还原为 11g 之前的默认安全设置"选项，则至少需要选择它的两个子集（禁用审计设置或密码概要文件设置）之一。

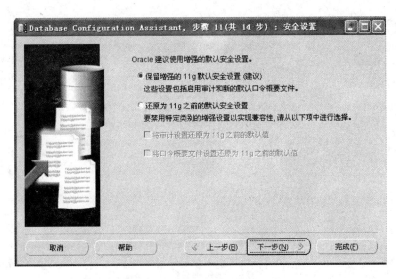

图 4-18 创建数据库：安全设置

(12) 在图 4-19 所示的对话框中对数据库维护任务进行设置,启用或者禁用自动维护任务。通过该功能可方便地对各种数据库维护任务之间的资源(CPU 和输入/输出资源)进行分配,可以确保最终用户的活动在维护操作期间不受影响,并且这些活动可获得完成任务所需的足够资源。

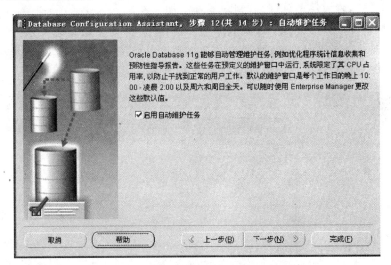

图 4-19 创建数据库：自动维护任务

在默认情况下选中"启用自动维护任务"复选框。要禁用自动维护任务功能,可以取消选中"启用自动维护任务"复选框。自动维护任务在预定义的维护时段运行。默认维护时段预定为工作日晚上 10:00 到凌晨 2:00 以及周末全天,此默认设置可以随时使用 OEM 进行更改。

(13) 对数据库文件的存储名称和路径进行设置,如图 4-20 所示。

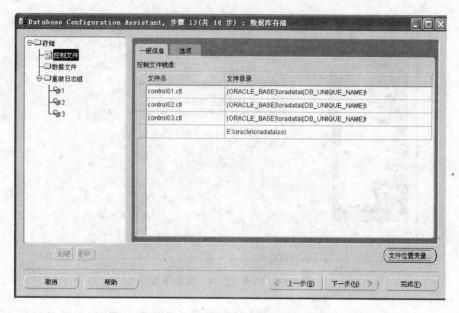

图 4-20　创建数据库：数据库存储

图 4-20 显示了树列表和概要视图，允许对控制文件、数据文件和重做日志文件进行更改或者查看。单击文件类型，既可以显示默认的设置，并对这些设置进行更改，如修改文件名或者文件存放的目录，也可以删除或者添加文件。

对于控制文件，还可以指定"最大数据文件数目"、"最大重做日志文件数"和"最大日志成员数"。而对于重做日志组（默认有 3 个），则可以对每个重做日志文件组中的文件大小和文件数量、文件名称以及存放目录进行设置，如图 4-21 所示。

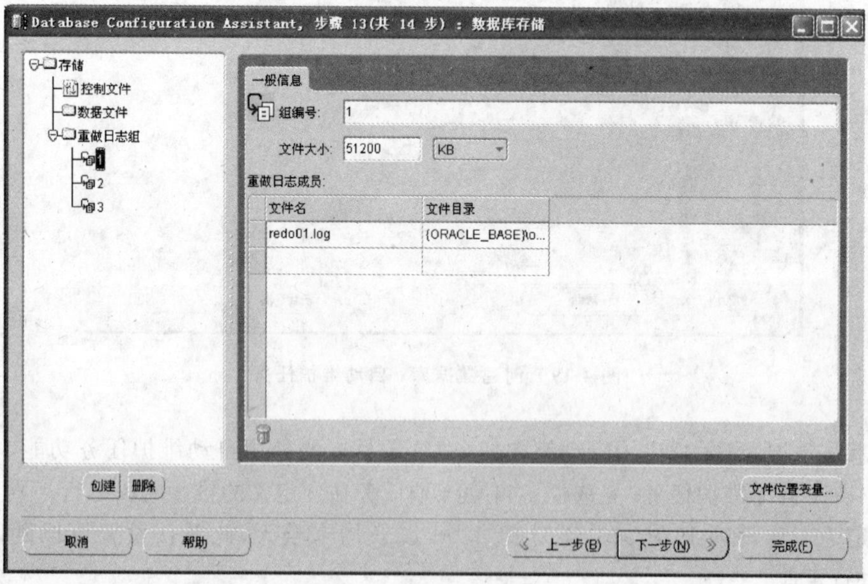

图 4-21　设置重做日志组

选择任一对象类型文件夹,单击"创建"按钮添加一个新对象。要删除某一现有对象,从对象类型文件夹中选择该特定对象,然后单击"删除"按钮即可。

注意　如果选择包含数据文件的数据库模板,将无法添加或删除数据文件、表空间或回退段。选择该类型的模板允许更改数据文件的目标位置和控制文件或日志组。

(14) 最后一个步骤的对话框如图 4-22 所示,对数据库创建选项进行设置。

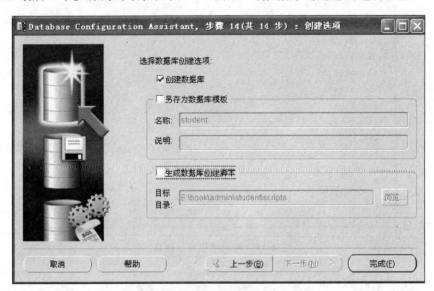

图 4-22　创建数据库:创建选项

① 创建数据库:选中此复选框可以立即创建数据库。

② 另存为数据库模板:选中此复选框可以将数据库创建参数另存为模板。该模板会自动添加到可用数据库模板的列表中。需要输入模板的标题(名称),该标题将出现在预配置的模板列表中,并对模板类型进行简要说明。

③ 生成数据库创建脚本:使用此选项可以为所选的数据库模板生成数据库创建脚本。选中此复选框可以访问用于创建数据库的所有脚本。这些脚本依据之前提供的数据库参数生成,保存在"目标目录"所指定的目标位置。可以将脚本用做核对清单,也可以使用脚本来创建数据库,而无须使用 Oracle Database Creation Assistant。

做出选择后,单击"完成"按钮,则弹出一个确认信息,如图 4-23 所示,显示数据库的详细信息,此时可以通过单击"另存为 HTML 文件"按钮将这些信息保存为 HTML 文件,以备查看。

在"确认"对话框中单击"确定"按钮,开始执行数据库创建,向导会显示运行进度,如图 4-24 所示。

当数据库顺利创建完成后,将显示数据库的相关信息,并且提示用户设置账户和口令,以及对需要的账户进行解锁,如图 4-25 所示。

图 4-23　创建数据库：确认

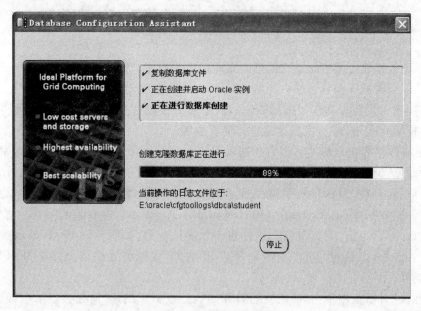

图 4-24　数据库创建进度

　　图 4-25 所示的对话框再次提示用户所创建的数据库的全局名称、SID、服务器参数文件名和 Database Control URL 以及管理资料档案库的相关信息。

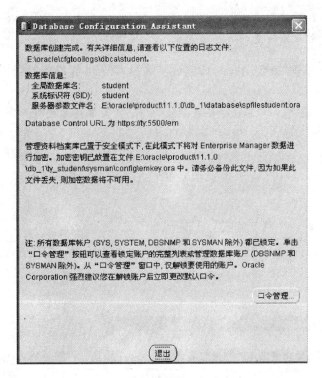

图 4-25 创建数据库：创建成功

另外，单击"口令管理"按钮，即可打开"口令管理"对话框，如图 4-26 所示。

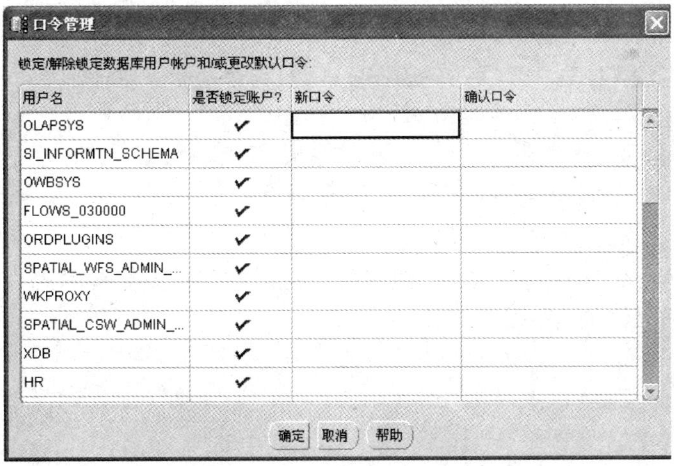

图 4-26 "口令管理"对话框

"口令管理"对话框用来更改用户的默认口令。为了安全起见，在数据库创建成功时，除 SYS 和 SYSTEM 用户之外的所有用户都被锁定。可以在该对话框中将其他数据库用户解除锁定，也可以在以后使用 Oracle Enterprise Manager 或命令行工具 SQL * Plus 来将用户解除锁定。

> **注意**   如果解除锁定某个数据库用户账户,则必须在此为账户设置口令。应牢记此处为每个账户设置的口令。

    操作完成后,单击"确定"按钮,即完成了通过 Oracle 数据库配置助手创建数据库的整个过程。

    数据库创建完成之后,可以通过查看系统的"开始"菜单和系统服务来确认数据库已经创建成功。系统"开始"菜单中的"程序"→Oracle-OraDb11g_home1 子菜单中会出现一个新的菜单项,例如 Database Control-student,如图 4-27 所示。在系统"服务"窗口(由"程序"→"管理工具"→"服务"命令启动)中也会出现相应的服务名 OracleDBConsolestudent 等,如图 4-28 所示。

图 4-27 新建数据库时产生的菜单项

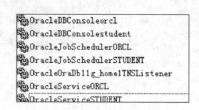

图 4-28 新建数据库时产生的系统服务

4.2.2 使用 SQL * Plus 脚本创建数据库

    对于熟悉 DBA 命令的用户,使用 SQL * Plus 语句创建数据库会更加灵活方便,下面介绍创建数据库的 CREATE DATABASE 语句,其语法格式如下:

```
CREATE DATABASE[database-name]
[CONTROLFILE RESUSE]
LOGFILE[GROUP n] file-name[[,[GROUP n] file-name]...]
[MAXLOGFILES n]
[MAXLOGMEMBERS n]
[MAXLOGHISTORY n]
[MAXDATAFILES n]
[MAXINSTANCES n]
[ARCHIVELOG|NOARCHIVELOG]
[CHARACTER SET charset-name]
[DATAFILE file-name[autoextend][,...]]
```

    其中各个参数的意义如下。

    (1) database-name:创建的数据库名称。

    (2) CONTROLFILE RESUSE:重用已经存在的控制文件。

    (3) LOGFILE:指定重做日志文件名和重做日志组名。

    (4) MAXLOGFILES n:最大的重做日志组数量。

    (5) MAXLOGMEMBERS n:每个重做日志组中最大的日志文件数。

（6）MAXLOGHISTORY n：可以自动归档的最大日志文件数量。

（7）MAXDATAFILES n：数据文件的最大数量。

（8）MAXINSTANCES n：数据库中可以同时打开的例程数。

（9）ARCHIVELOG：采用归档模式。

（10）NOARCHIVELOG：不采用归档模式。

（11）CHARACTER SET：指定使用的字符集。

（12）DATAFILE：指定数据文件名。autoextend 子句用于指定数据文件自动扩展。

4.3　Oracle 数据库实例的启动和关闭

这里首先区分几个术语：Oracle 实例、Oracle 数据库和 Oracle 服务器。

一般的，Oracle 数据库可分为两部分：实例（Instance）和数据库（Database）。实例是一个非固定的、基于内存的基本进程与内存结构，当服务器关闭后，实例也就不存在了。而数据库指的是固定的、基于磁盘的数据文件、控制文件、日志文件、参数文件和归档日志文件等。在一般情况下，一个 Oracle 数据库包含一个实例。Oracle 服务器指数据库各软件部件、实例、数据库 3 个主要部分，是由安装在服务器上的所有软件及启动成功后的实例组成的。

默认地，当一个新的数据库创建完成之后，与该数据库实例相关的服务处于自动启动状态。Oracle 服务的启动和关闭是以后台服务进程的方式进行的，从图 4-28 所示的系统服务中启动和停止相应的服务，如 OracleDBConsolestudent、OracleJobSchedulerSTUDENT 和 OracleServiceSTUDENT 等，即可启动和关闭数据库实例。

使用 OEM 也可以关闭数据库，首先登录 OEM，在"主目录"页面的"一般信息"区域单击"关闭"按钮，如图 4-29 所示。

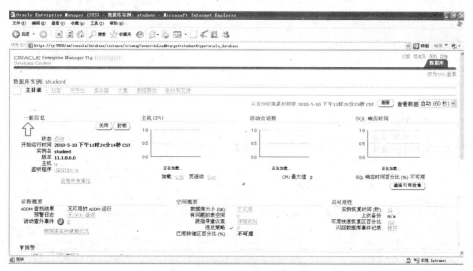

图 4-29　从 OEM 关闭数据库

此时要求对用户进行身份验证,分别输入正确的操作系统身份证明(用户名/口令)和数据库身份证明,如图 4-30 所示。

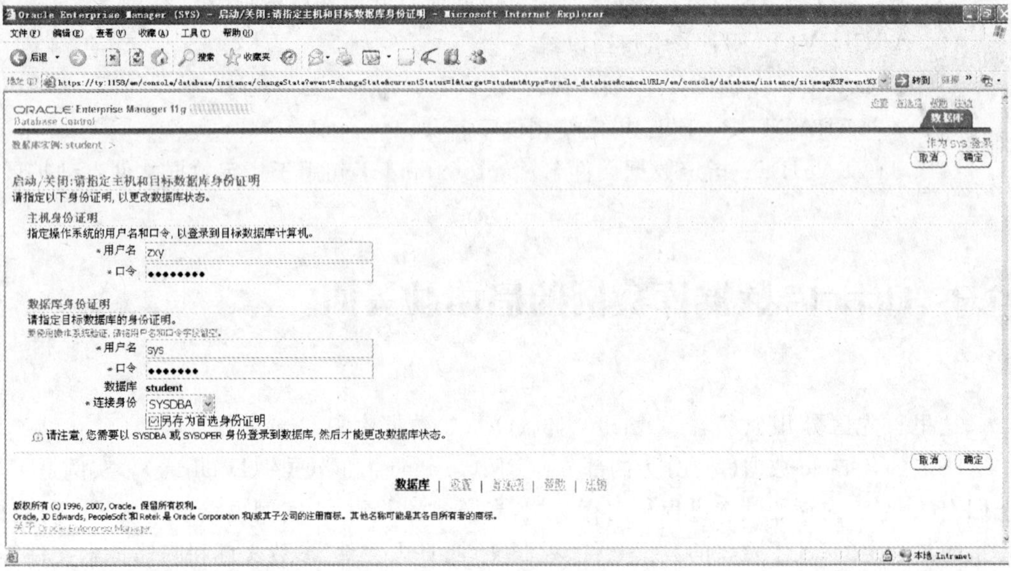

图 4-30　输入正确的身份证明

注意　在数据库身份证明中,需要输入一个 DBA 身份的账户信息,如 sys,然后单击右下角的"确定"按钮。如果通过身份验证,将进入数据库关闭确认页面,如图 4-31 所示。

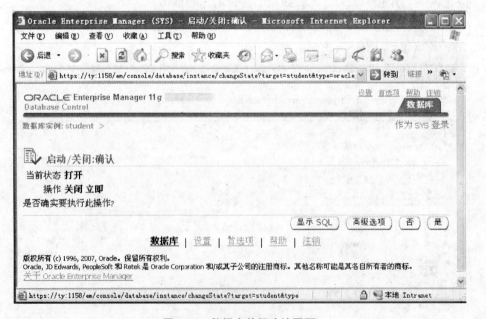

图 4-31　数据库关闭确认页面

在确认页面中单击"是"按钮,开始关闭数据库的操作,如图 4-32 所示。

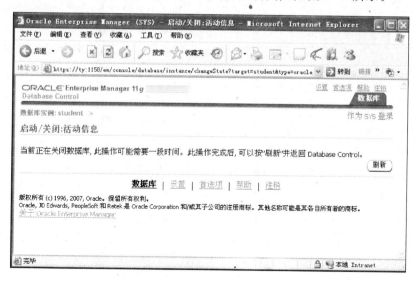

图 4-32 正在关闭数据库

当关闭操作完成后,即可单击"刷新"按钮返回到 Database Control 页面。图 4-33 是数据库关闭之后的状态。

图 4-33 数据库关闭之后的状态

当然也可以将已经关闭的数据库重新启动。在图 4-33 中单击右上方的"启动"按钮,数据库就会重新启动。图 4-34 显示的是数据库正在启动。

数据库启动成功之后,重新输入登录信息,如图 4-35 所示,即可登录数据库。

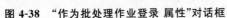

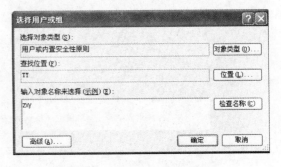

图 4-38 "作为批处理作业登录 属性"对话框   图 4-39 "选择用户或组"对话框

输入操作系统登录名,如"zxy",然后单击"确定"按钮,返回到属性对话框,可以看到刚刚添加的用户名。单击"确定"按钮返回,并退出"本地安全设置"窗口。这样,就可以通过身份验证执行数据库的关闭操作了。

4.4 Oracle 数据库的删除

如果需要从计算机上删除数据库,也需要使用 Oracle 的数据库配置助手,按图 4-2、图 4-3 所示启动 Oracle 的数据库配置助手,然后单击"下一步"按钮,在打开的对话框中选中"删除数据库"单选按钮,如图 4-40 所示。

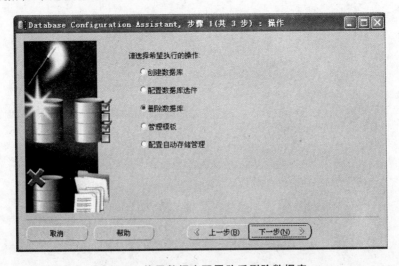

图 4-40 使用数据库配置助手删除数据库

　　单击"下一步"按钮,打开数据库选择对话框,如图 4-41 所示,在其中选择要删除的数据库,然后单击"完成"按钮。

图 4-41　选择要删除的数据库

　　这时将显示确认信息,要求用户确认删除,如图 4-42 所示,单击"是"按钮继续。

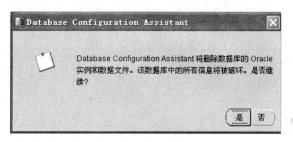

图 4-42　确认删除

　　图 4-43 显示了数据库删除进度,这个过程需要较长时间。当删除完成后会提示删除完毕,如图 4-44 所示。

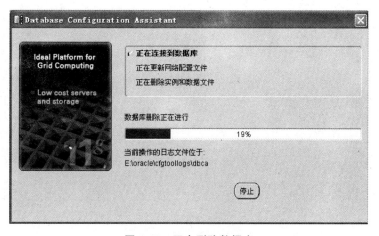

图 4-43　正在删除数据库

5.1 表空间的类型

如第 1 章所述,Oracle 磁盘空间管理的最高层是表空间,表空间由段组成,段由一个或者多个盘区组成,每个盘区只能驻留在一个数据文件中。

Oracle 数据库中主要的表空间类型有:永久表空间、撤销表空间和临时表空间。

永久表空间中的数据是永久存在的。

撤销表空间为访问被修改表的 SELECT 语句提供读一致性,同时为数据库的大量闪回特性提供撤销数据。然而,撤销段主要用来存储一些列在更新或删除前的值。如果用户的会话在用户发出 COMMIT 或 ROLLBACK 前失败,则取消更新、插入和删除操作。用户的会话不能够直接访问撤销段,并且撤销表空间中只有撤销段。

顾名思义,临时表空间包含暂时的数据,这些数据只在会话的持续时间内存在,主要用做用户使用 ORDER BY 语句进行排序或者汇总时所需的临时工作空间,临时表空间是所有用户共享的磁盘空间。在 Oracle 11g 中,所有用户都使用 TEMP 表空间作为临时表空间,DBA 也可以在创建用户时指定该用户的临时表空间。

从 Oracle 10g 开始,Oracle 引入了一种新的表空间类型,即大文件表空间。大文件表空间同传统表空间的不同之处在于,一个大文件表空间对应一个单一的数据文件或者临时文件,但是文件大小可以达到 4GB。理论上,大文件表空间的大小最大可以达到128TB,但是实际环境中受到操作系统的限制。大文件表空间可作为以上 3 类表空间的任何一种。

表 5-1 是 Oracle 11g 默认的表空间列表及其概要说明。

表 5-1 默认表空间列表

表 空 间	说 明
EXAMPLE	如果安装时选择了"实例方案"选项,则此表空间是各个样例账户的对象
SYSAUX	SYSTEM 表空间的辅助空间。一些选件的对象都存放在这个表空间内,可以减少 SYSTEM 表空间的负荷
SYSTEM	存储数据字典,包括表、视图和存储过程的定义等
TEMP	存储 SQL 语句处理的表和索引信息
UNDOTBS1	存储撤销信息用的表空间
USERS	存储数据库用户创建的数据库对象

SYSTEM 表空间和 SYSAUX 表空间是永久表空间的两个示例。此外,任何在超出会话或事务边界后需要由用户或应用程序保留的段都应该存储在永久表空间中。

SYSTEM 表空间主要存放 Oracle 系统内部数据和数据字典,包括 SYS 用户的对象和其他用户的少量对象。在使用中应该保证 SYSTEM 表空间中只存放 Oracle 系统信息,而不应该包含应用系统的数据。

可以从 dba_segments 中查看 SYSTEM 表空间内存放的对象:

```
SQL > SELECT DISTINCT segment _ type, owner, tablespace _ name FROM dba _ segments WHERE
tablespace_name = 'SYSTEM'
```

SYSAUX 表空间存放各个模式的对象数据。数据库安装完成之后,DBSNMP 等模式建立的对象就存放在了 SYSAUX 表空间中,管理员可以对该表空间进行查看、增加数据文件等操作,但是不能删除该表空间。

5.2　管理表空间

表空间就像一个文件夹,是存储数据库对象的容器。而数据文件是数据库实际存放数据的地方,数据库的所有系统数据和用户数据都必须存放在数据文件中。每一个数据库创建的时候,系统都会默认地为它创建一个 SYSTEM 表空间,以存储系统信息。一个数据库可以有多个表空间,也可以只有一个 SYSTEM 表空间。一般的,用户数据应该存放在单独的表空间中,所以必须创建和使用自己的表空间。

5.2.1　创建表空间

表空间的创建可以使用 SQL 语句实现,也可以在 OEM 中实现。不论使用哪种工具进行创建,都必须事先决定表空间的各种参数,如表空间的盘区管理方式、手动还是自动管理,创建何种表空间等。

创建表空间的语法格式如下:

```
CREATE [SMALLFILE/BIGFILE] TABLESPACE tablespace_name
DATAFILE '\path\filename' SIZE integer [k/m] REUSE
        [,'\path\filename' SIZE integer [k/m] REUSE]
[AUTOEXTEND [OFF/ON]] NEXT integer [k/m]
[MAXSIZE[UNLIMITED | integer [k/m]]]
[MINIMUM EXTENT integer [k/m]]
[DEFAULT STORAGE storage]
[ONLINE | OFFLINE]
[LOGGING | NOLOGGING]
[PERMANENT |TEMPORARY]
[EXTENT MANAGEMENT
[DICTIONARY |LOCAL [AUTOALLOCATE | UNIFORM SIZE integer [k|m]]]]
```

其中各参数的含义说明如下。

(1) tablespace_name:创建的表空间名称。

(2) SMALLFILE/BIGFILE:表示创建的是小文件表空间还是大文件表空间。

(3) path\filename:数据文件路径与名称,REUSE 表示若该文件存在,则删除该文件再重新建立该文件;若该文件不存在,则建立该文件。

(4) AUTOEXTEND [OFF/ON]:表示数据文件为自动扩展或者非自动扩展,如果

```
SQl > ALTER DATABASE DEFAULT TABLESPACE USERS;
SQL > SELECT property_value
FROM database_properties
WHERE property_name = 'DEFAULT_PERMANENT_TABLESPACE';
```

4. 删除表空间

当表空间中的所有数据都不再需要时．可以考虑将其删除。一般具有 DBA 或者具有 DROP TABLESPACE 权限的用户都可进行表空间的删除操作。当 Oracle 系统不采用 Oracle Managed Files(OMF)管理文件时,删除表空间实际上仅仅是从数据字典和控制文件中将该表空间的有关信息去掉,并没有真正删除该表空间所对应的物理数据文件。因此,要想通过删除表空间来释放磁盘空间,在删除表空间后,还要使用操作系统命令手动删除那些与任何表空间都无关的物理数据文件。当 Oracle 系统设置成使用 Oracle 管理文件时,删除某个表空间后,Oracle 系统会自动将该表空间所对应的磁盘数据文件删除。在默认情况下,Oracle 系统是不启动 Oracle 管理文件的。

删除表空间使用 DROP TABLESPACE 命令实现,语法格式如下:

```
DROP TABLESPACE tablespace_name
[INCLUDING CONTENTS][CASCADE CONSTRAINTS]
```

其中各参数的含义说明如下。

(1) tablespace_name:表示要删除的表空间名称。

(2) INCLUDING CONTENTS:表示在删除表空间的同时删除表空间中的数据。如果不指定 INCLUDING CONTENTS 参数,而该表空间又非空时,会提示错误信息。

(3) CASCADE CONSTRAINTS:表示在删除当前表空间时也删除相关的完整性限制。完整性限制包括主键及唯一索引等。如果完整性存在,但是没有指定 CASCADE CONSTRAINTS 参数,则 Oracle 会返回一个错误,并且不会删除该表空间。

对于分区的表空间,不论是否指定 INCLUDING CONTENTS 参数,如果表空间中包含数据(不是所有数据),就不允许删除表空间。在这种情况下,只有事先将数据清空(可以移动到其他表空间或者删除),再删除分区表空间。

但是如果分区表的所有数据都存放在该表空间中,则可以用 DROP TABLESPACE INCLUDING CONTENTS 选项删除该表空间。例如:

```
SQL > DROP TABLESPACE myTB1
INCLUDING CONTENTS
CASCADE CONSTRAINTS;
```

5.2.3 使用 OEM 管理表空间

在"服务器"页面中可以对表空间、数据文件、控制文件、回退段、重做日志和归档日志等进行管理,如图 5-1 所示。

在"服务器"页面中选择"表空间"选项,打开 OEM 的"表空间"页面,如图 5-2 所示。

图 5-1 Oracle 企业管理器主页面

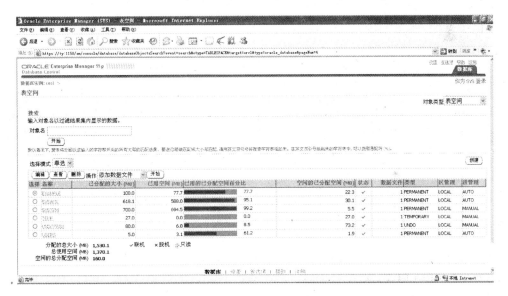

图 5-2 "表空间"页面

在"表空间"页面中可以创建新的表空间,对已有的表空间进行查看、编辑或者删除操作,还可以对指定的表空间进行图 5-3 中所示的各种操作。

要创建表空间,在图 5-2 所示的页面中单击右边的"创建"按钮,打开"创建表空间"页面,如图 5-4 所示。

为表空间指定名称、区管理、类型及状态。其中"区管理"及"类型"一旦确定便不能再更改,而"状态"可以修改。创建表空间 myTS,指定为本地管理、永久表空间,读写状态。

**图 5-3 可对表空间
进行的操作**

　　选中一个表空间前面的"选择"单选按钮,然后单击"编辑"按钮,可以对表空间的表空间名称、状态、数据文件等进行修改。也可以查看表空间(图 5-9)或者删除表空间(图 5-10)。

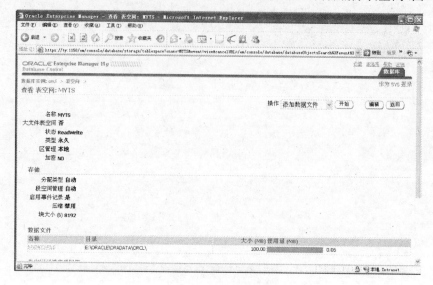

图 5-9　查看表空间

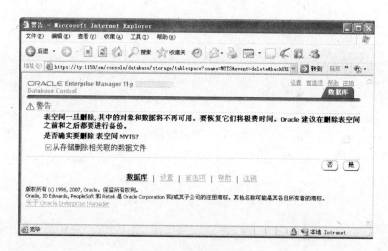

图 5-10　删除表空间

5.3　管理数据文件

5.3.1　增加新的数据文件

　　当某个表空间被设置为非自动扩展而且目前该表空间的自由空间不能满足新的扩展时,数据库管理员要对表空间追加新的数据文件,以满足对象扩展的需要。

实例：向 USERS 表空间新增一个数据文件。

```
SQL > ALTER TABLESPACE 'USERS'
ADD DATAFILE 'E:\ORACLE\ORADATA\ORCL\datafile_name1.dbf'
SIZE 100MB;
```

5.3.2　设置数据文件的自动扩展

Oracle 数据库的数据文件可以设置成自动扩展，当初始分配的数据文件空间用完后，会按照设定的扩展量自动扩展到指定的最大值，这样就避免了由于表空间用完而导致对象空间分配失败的问题。

可以通过 AUTOEXTEND ON 选项来使数据文件在使用中根据需求自动扩展。有以下 4 种设置自动扩展的方法。

（1）在 CREATE DATABASE 语句中设置数据文件自动扩展。

（2）在 ALTER DATABASE 语句中设置数据文件自动扩展。

（3）在 CREATE TABLESPACE 语句中设置数据文件自动扩展。

（4）在 ALTER TABLESPACE 语句中设置数据文件自动扩展。

对于 Oracle 数据库管理员来说，主要是用后 3 种命令设置数据文件是否为自动扩展，因为数据库实例创建完成之后，不会再用 CREATE DATABASE 命令对数据进行管理了。下面是 ALTER DATABASE 命令的语法格式：

```
ALTER DATABASE DATAFILE datafile_name
AUTOEXTEND ON NEXT increment_size
MAXSIZE max_size|UNLIMITED
```

其中各参数的含义说明如下。

（1）datafile_name：数据文件的描述，即数据文件路径与文件名称。

（2）increment_size：以十进制表示的自动扩展空间的大小，单位一般为 MB 或者 KB。

（3）max_size：以十进制表示的扩展空间的最大值，单位一般为 KB 或 MB。不说明最大值则表示无限制，即 LIMITED。

实例：查询数据文件是否为自动扩展. 将非自动扩展的改为自动扩展。

```
SQL > SET LINESIZE 160;
SQL > SET PAGESIZE 50
SOL > COL file_name FOR a50;
SQL > SELECT FILE_NAME, TABLESPACE_NAME, BYTES, AUTOEXTENSIBLE,
MAXBYTES   FROM   DBA_DATA_FILES
ORDER BY TABLESPACE_NAME;
SQL > ALTER DATAABASE
DATAFILE 'E:\ORACLE\ORADATA\ORCL\datafile1.dbf'
AUTOEXTEND ON
NEXT 20MB
MAXSIZE 1000MB;
```

5.3.3　删除无数据的数据文件

　　到 Oracle 11g R1 版本为止,在表空间的管理中,Oracle 系统一直只允许向表空间增加数据文件,而不允许从表空间中删除数据文件。从 Oracle 11g R2 开始,允许从表空间中删除无数据的数据文件。要从表空间中删除数据文件,可使用 ALTER TABLESPACE 命令带 DROPDATAFILE 子句完成。

　　实例:删除表空间中无数据的数据文件。

```
SQL > ALTER TABLESPACE USERS
DROP DATAFILE 'E:\ORACLE\ORADATA\ORCL\datafile_name1.dbf';
```

5.3.4　使用 OEM 管理数据文件

　　从企业管理器的"服务器"页面中选择"数据文件"选项,即可进入"数据文件"管理首页,如图 5-11 所示。

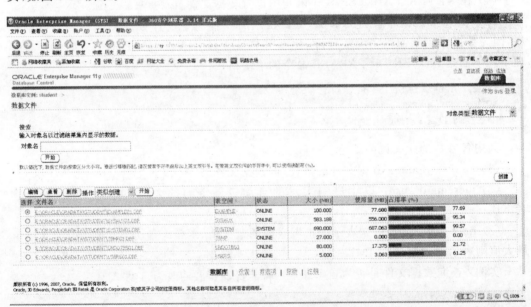

图 5-11　"数据文件"管理首页

　　页面分为两个部分:上部的对象搜索和下部的对象管理。

　　对象搜索功能可以帮助用户快速地定位要管理的数据库对象。在"对象名"文本框中输入目标对象名称,然后单击"开始"按钮,就可以在下面的对象管理部分显示目标对象,以便管理。后面各章节中各种数据库对象的管理页面中都会有这个部分,后面就不再赘述了。

数据文件的管理包括创建新的数据文件、编辑现有的数据文件、查看数据文件信息和删除数据文件几种操作。

单击"创建"按钮可以直接创建新的数据文件。创建过程如图 5-12 所示。

图 5-12　创建数据文件

在创建数据文件之后，数据文件所在的表空间、文件名、文件目录就不能再修改了。可以修改数据文件的状态和存储参数。

选中任意一个数据文件前面的单选按钮，然后单击"编辑"、"查看"或者"删除"按钮即可对其进行相应的操作。

图 5-13 就是数据文件 E:\ORACLE\ORADATA\STUDENT\EXAMPLE01.DBF 的编辑界面，从中可以将数据文件的状态设置为联机或者脱机，也可以修改文件的存储参数，如文件大小以及扩展特性。

图 5-14 是查看数据文件的页面，其中显示了数据文件的名称、所属表空间、状态、文件的大小以及自动扩展属性。

数据文件的删除通过"删除"按钮实现。当用户确认了删除操作之后，数据文件就被删除了。

如果删除操作失败，无法删除数据文件的可能的原因包括：数据文件非空，数据文件是表空间中的第一个或唯一的数据文件，数据文件或表空间是只读的等。

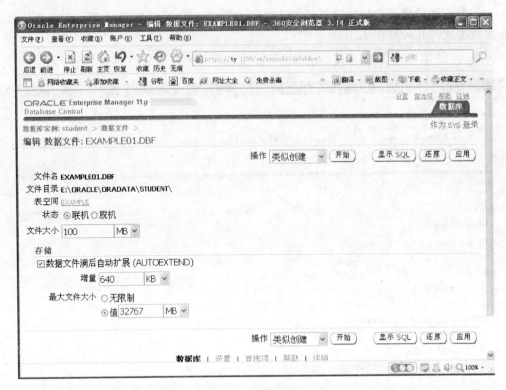

图 5-13　编辑数据文件

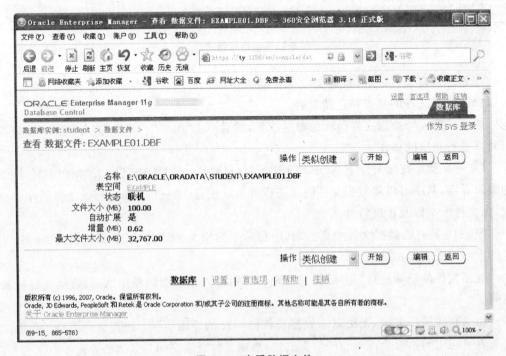

图 5-14　查看数据文件

5.4　管理控制文件

控制文件是数据库中最小(一般在 1MB 之内)但是最重要的文件。它是一个二进制文件,含有数据库的结构信息,包括数据文件和日志文件的信息。可以将控制文件理解为物理数据库的一个元数据存储库,其中包含与关联数据库有关的信息,实例在启动或正常运行期间访问数据库时需要这些信息。

控制文件主要包括以下几项内容。

(1) 数据库名(Database Name)和标识(SID)

(2) 数据库创建时间戳

(3) 数据文件的名称、位置及状态

(4) 表空间名称

(5) 数据文件、重做日志文件的名称和位置

(6) 当前重做日志文件的序列号

(7) 最新检查点信息

(8) 撤销段的起始和结束

(9) 重做日志归档信息

(10) 备份信息

控制文件在数据库创建时被自动创建,并且每当数据库发生物理变化时被更新。控制文件只能被 Oracle 后台进程更新,用户不应该手动地对控制文件进行编辑。

5.4.1　多路复用控制文件

如前所述,多路复用控制文件是指在系统的不同磁盘驱动器上同时创建和使用多个控制文件的副本,当其中一个磁盘驱动器由于各种原因不可用时,可以使用其他的控制文件启动数据库实例。

通过复制控制文件到多个位置并修改初始化参数文件 init.ora 中的 CONTROL_FILES 参数,使之包含所有控制文件的名称,这样就启动了控制文件的多路复用。

启动控制文件多路复用的具体步骤如下。

1. 修改初始化参数 CONTROL_FILES

Oracle 是通过初始化参数文件 init.ora 中的 CONTROL_FILES 参数定位并打开控制文件的,为了实现控制文件多路复用,需要修改该参数,以便使 Oracle 能够定位和使用新的控制文件。

实例:添加一个新的控制文件,存放在路径 F:\data\下。

```
SQL> ALTER SYSTEM SET CONTROL_FILES =
'E:\ORACLE\ORADATA\ORCL\controlfile01.ctl',
```

```
'E:\ORACLE\ORADATA\ORCL\controlfile02.ctl',
'E:\ORACLE\ORADATA\ORCL\controlfile03.ctl',
'F:\data\control04.ctl'
scope = spfile
```

此操作只是修改参数,并没有真正创建新的控制文件。

2. 关闭数据库

关闭数据库,并且通过操作系统关闭与 Oracle 相关的所有服务。

3. 复制控制文件

为了保持新建的控制文件与当前使用的控制文件一致,新的控制文件必须从现有控制文件复制得到。复制控制文件"E：ORACLE\ORADATA\ORCL\controlfile01.ctl"为"F：\data\control04.ctl",形成新的控制文件。

4. 启动数据库

启动并连接到数据库,通过查询 V＄CONTROLFILE 数据字典信息,确认是否启用了新的控制文件,例如:

```
SQL > SELECT name FROM V＄CONTROLFILE
```

查询结果将显示新的数据文件已经启动。

5.4.2   创建控制文件

前面介绍过,任何时候都不能够手工修改控制文件,但是在某些情况下,可能需要修改控制文件中的参数以适应数据库的变化。例如,在创建数据库时如果指定了数据文件的最大数量(MAXDATAFILES),当数据文件数量达到该值时,就不能够再创建新的数据文件了,这时,可以通过创建控制文件实现这些参数的修改。也有可能在控制文件丢失的情况下重建控制文件。创建新的控制文件可以按照以下步骤进行。

1. 获取各种文件信息

控制文件必须包含数据文件和日志文件的名称与路径,所以必须事先获得这些信息。可以从 OEM 中查看相应文件的名称和路径,也可以从 SQL * Plus 中查看。从 SQL * Plus 中查看的方法如图 5-15 所示。可以分别从系统视图 V＄LOGFILE、V＄DATAFILE 以及 V＄PARAMETER 中查看日志文件、数据文件和控制文件的信息。

2. 关闭数据库

因为要将现有数据库文件进行备份,通常冷备份需要首先关闭数据库,关闭数据库的方法参见 4.3 节。例如:

```
SQL > SHUTDOWN IMMEDIATE
```

关闭数据库的操作必须在以 sysdba 身份登录的情况下才能够进行。

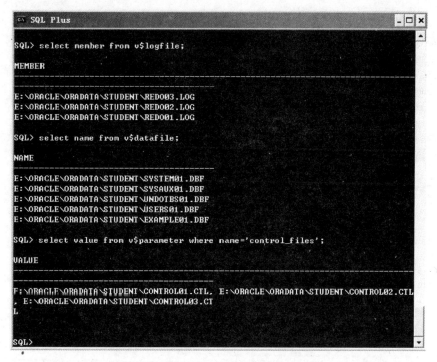

图 5-15 从 SQL * Plus 中查询文件信息

3. 备份数据库文件

将数据库的所有数据文件、日志文件和控制文件备份到磁盘的另外一个路径下。在创建控制文件时,如果操作不当可能会损坏数据文件和日志文件,所以需要事先备份。

4. 用 NOMOUNT 启动数据库实例

采用 NOMOUNT 方式将只启动数据库,不加载数据库实例,因为一旦加载了数据库实例,就会打开控制文件。

```
SQL > STARTUP NOMOUNT
```

5. 创建控制文件

利用步骤 1 中得到的文件列表,执行 CREATE CONTROLFILE 命令创建一个新的控制文件。

实例:

```
SQL > CREATE CONTROLFILE
REUSE DATABASE  "orcl"
logfile
group 1 'E:\ORACLE\ORADATA\ORCL\REDO01.LOg',
group 2 'E:\ORACLE\ORADATA\ORCL\REDO02.LOg',
group 3 'E:\ORACLE\ORADATA\ORCL\REDO03.LOg'
datafile
'E:\ORACLE\ORADATA\ORCL\SYSTEM01.DBF',
```

```
'E:\ORACLE\ORADATA\ORCL\SYSAUX01.DBF',
'E:\ORACLE\ORADATA\ORCL\UNDOTBS01.DBF',
'E:\ORACLE\ORADATA\ORCL\USERS01.DBF',
'E:\ORACLE\ORADATA\ORCL\EXAMPLE01.DBF',
maxlogfile 50
maxlogmembers 3
maxinstances 6
maxdatafile 200
noresetlogs
noarchivelog;
```

6. 备份新建的控制文件

在脱机状态下将新的控制文件复制到设备上。

7. 修改服务参数文件路径

编辑初始化参数 CONTROL_FILES,使其指向新的控制文件。

实例:

```
SQL> ALTER SYSTEM SET CONTROL_FILES =
2 'E:\ORACLE\ORADATA\ORCL\CONTROL01.CTL',
3 'E:\ORACLE\ORADATA \ORCL\CONTROL02.CTL',
4 'E:\ORACLE\ORADATA \ORCL\CONTROL03.CTL'
5 SCOPE = SPFILE;
```

8. 需要时恢复数据库

如果丢失了某个联机日志文件或者数据文件,则需要对数据库进行恢复。

9. 打开数据库

如果没有执行上面的恢复过程,则可以正常打开数据库:

```
SQL> ALTER DATABASE OPEN
```

如果执行了数据库的恢复操作,则需要以恢复方式打开数据库:

```
SQL> ALTER DATABASE OPEN RESETLOGS
```

通过以上步骤就新建了控制文件,并且根据新的控制文件打开了数据库,数据库可以正常工作了。

5.4.3 查看控制文件

可以从系统视图 V＄CONTROLFILE 中查询控制文件信息,包括控制文件名称和状态,如图 5-16 所示。

在 SQL＊Plus 中输入命令: SELECT ＊ FROM V＄CONTROLFILE,查询系统视图V＄CONTROLFILE 中包含的控制文件信息。为了使显示格式更加友好,在查询语句之前使用 SET LINESIZE 和 COL NAME FOR 命令设置显示的行宽和每列的宽度。

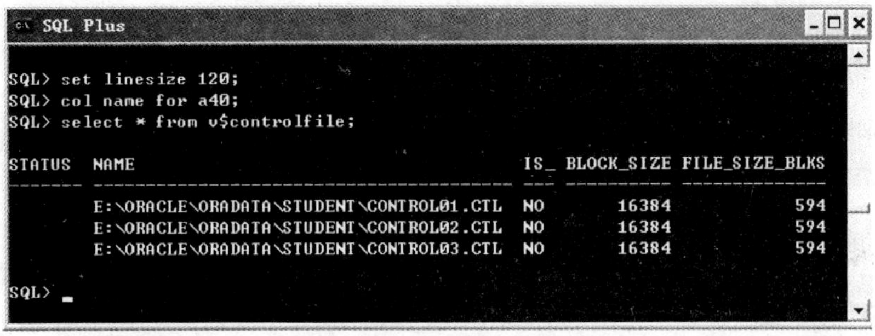

图 5-16 查询控制文件信息

包含控制文件信息的数据字典视图如表 5-2 所示。

表 5-2 包含控制文件信息的数据字典视图

数据字典视图	说　明
V＄CONTROLFILE	包含所有控制文件的名称和状态信息
V＄CONTROLFILE_RECORD_SECTION	包含控制文件中各个记录文档段的信息
V＄PARAMETER	包含了系统的所有初始化参数，从中可查看参数 CONTROL_FILE

5.4.4 控制文件的备份和恢复

控制文件的丢失或者损坏将对数据库造成灾难性的后果，为了提高数据库的可用性，需要经常对控制文件进行备份。特别是当数据库的结构等发生变化之后，需要及时对控制文件进行备份。

备份数据库控制文件的语法格式如下：

```
SQL > ALTER DATABASE BACKUP CONTROLFILE
```

可以将控制文件备份成为二进制文件或者脚本文件。备份为二进制文件的语法格式如下：

```
SQL > ALTER DATABASE BACKUP CONTROLFILE TO 'D: \backup\controlfile_10-5-02.bkp'
```

备份为文本文件的语法格式如下：

```
SQL > ALTER DATABASE BACKUP CONTROLFILE TO TRACE
```

以文本文件形式进行备份时，生成的备份文件也称为跟踪文件，该文件实际上是一个 SQL 脚本，可以用来重建新的控制文件。此文件的存放路径由参数 USER_DUMP_DEST 决定，可以通过执行以下语句来查看该文件的路径：

```
SQL > SHOW PARAMETER user_dump_dest
```

如果某个控制文件损坏，系统中存在该控制文件的一个多路复用副本，则可以根据以下步骤恢复控制文件。

1. 关闭数据库

```
SQL > CONNECT AS sysdba
SQL > SHUTDOWN IMMEDIATE;
```

2. 复制控制文件

使用操作系统命令复制该控制文件的一个完好的副本，并将该控制文件覆盖。

3. 重新启动数据库

```
SQL > STARTUP
```

5.4.5　删除控制文件

如果控制文件的位置不再适合数据库实例，可以从数据库中删除控制文件。删除控制文件可以按照以下步骤进行。

1. 关闭数据库

```
SQL > SHUTDOWN IMMEDIATE
```

2. 编辑初始化参数

编辑初始化参数 CONTROL_FILES，从中删除此控制文件的名称。

3. 重新启动数据库

需要注意的是，以上步骤只是将控制文件的信息从数据库中删除，并没有将控制文件从磁盘上物理地删除，要真正删除控制文件，要在操作系统下执行删除操作才能将其删除。

5.4.6　从 OEM 管理控制文件

在 OEM 中，在"服务器"页面中"存储"→"控制文件"选项打开"控制文件"管理页面，如图 5-17 所示，其中显示当前数据库的控制文件的详细信息。

对控制文件的管理有 3 个选项页，"一般信息"页面中包含两个主要元素："控制文件镜像"表和"备份到跟踪文件"按钮。

"控制文件镜像"表中显示了镜像是否有效、文件名以及文件目录，从中可以查看控制文件的相应信息。

单击"备份到跟踪文件"按钮，可以为控制文件创建跟踪文件，自动将控制文件备份到默认的跟踪文件中。备份完成之后显示成功信息，如图 5-18 所示。

使用备份到跟踪文件功能可以为控制文件创建跟踪文件。写入跟踪文件后，可以对跟踪文件进行修改，然后将已修改的跟踪文件输出为脚本，重新创建控制文件。

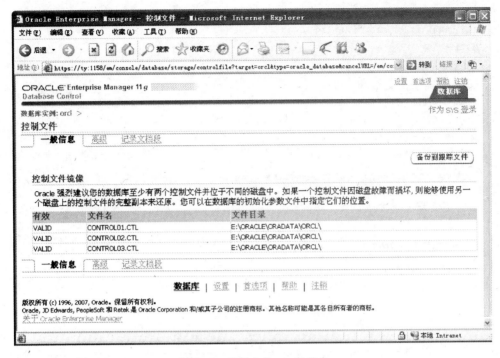

图 5-17　控制文件：一般信息

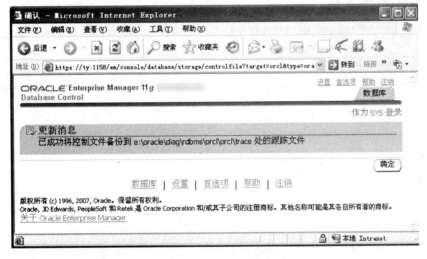

图 5-18　成功备份控制文件

图 5-19 所示的是控制文件的"高级"页面。

可以在控制文件的"高级"页面中查看基本控制信息，例如数据库 ID 和控制文件类型等。另外，控制文件自动备份状态显示为"禁用"，单击"单击此处可启用"按钮打开备份设置的"策略"页面，在该页面上可以启用控制文件自动备份功能，如图 5-20所示。

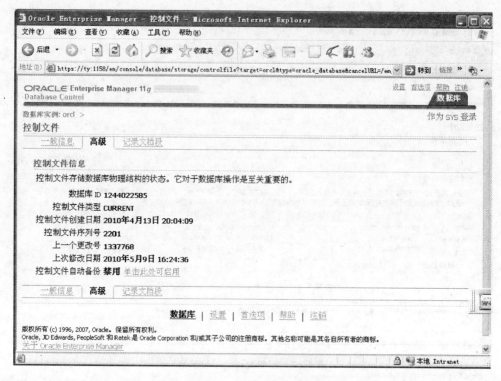

图 5-19　控制文件：高级

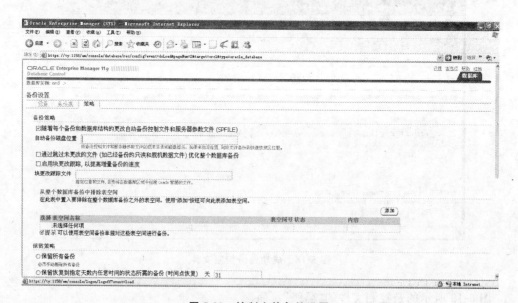

图 5-20　控制文件备份设置

选中"随着每个备份和数据库结构的更改自动备份控制文件和服务器参数文件(SPFILE)"复选框可以启用自动备份功能,在"自动备份磁盘位置"输入框中指定要备份的控制文件和服务器参数文件的现有目录或磁盘组名。如果未指定位置,则将这些文件备份到 Oracle 主目录中的平台特定的默认位置。

一般来说，应该指定 Oracle 主目录所在磁盘之外的其他磁盘目录。

图 5-21 所示为控制文件的"记录文档段"页面。

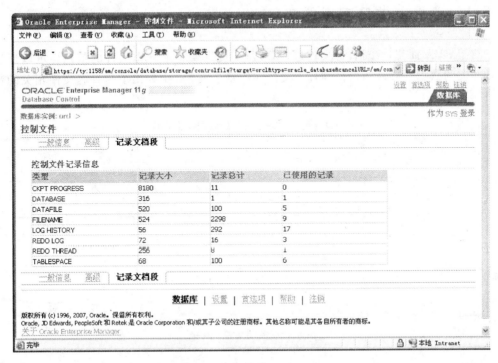

图 5-21　控制文件：记录文档段

"控制文件记录信息"表显示了当前数据库的控制文件记录的详细信息，包括控制文件记录文档段类型、记录大小、记录总数和已使用的记录数。

5.5　管理日志文件

联机重做日志文件也称为重做日志文件，是 Oracle 数据库中最重要的文件之一，在 Oracle 系统活动期间，事务对数据库所做的修改将以重做记录的形式保存在重做日志缓存中，当进行数据库实例的事务处理时，由日志写进程将事务处理信息写入日志文件中，日志文件是数据库从介质故障或者实例故障中恢复时所必需的。因此，对日志的管理也是 DBA 的日常工作的一部分。

任何时候数据库的重做日志组文件都应该至少包含两个成员，这也是保障数据库可用性的一个有效措施。数据库实例在创建完成之后就已经创建了 3 组日志文件，每组有两个日志文件，它们记录了同样的信息，当其中一个损坏时另一个仍然可用，所以应该将同一组日志文件的两个成员分别保存在不同的磁盘分区中。

在正常情况下,日志文件组的工作顺序是:首先使用第 1 组,第 1 组写满后写入第 2 组,第 2 组写满后写入第 3 组,所有日志组全部写满后,又开始写入第 1 组。

5.5.1　查看重做日志文件信息

对于 DBA 而言,要对日志文件进行管理,前提是要了解日志文件的信息。可以通过查询相关的数据字典视图来得到日志文件的信息。表 5-3 中列出了与日志文件相关的数据字典视图。

表 5-3　与日志文件相关的数据字典视图

视　　图	说　　明
V＄LOG	显示来自控制文件的重做日志文件信息
V＄LOGFILE	标识日志组及其成员信息
V＄LOG_HISTORY	包含日志历史信息

其中视图 V＄LOG 的结构如下:

```
SQL > DESC V $ LOG
名称                          是否为空         类型
_____            _____       _____
GROUP #                                       NUMBER
THREAD #                                      NUMBER
SEQUENCE #                                    NUMBER
BYTES                                         NUMBER
MEMBERS                                       NUMBER
ARCHIVED                                      VARCHAR2(3)
STATUS                                        VARCHAR2(16)
FIRST_CHANGE #                                NUMBER
FIRST_TIME                                    DATE
```

其中比较重要的列有以下几个。

(1) GROUP＃:日志文件组号。

(2) SEQUENCE＃:日志序列号。

(3) STATUS:该组状态。CURRENT 表示当前正在使用的,"INACTIVE"表示非活动组,"ACTIVE"表示归档未完成。

(4) FIRST_CHANGE＃:重做日志组上一次写入时的系统改变号 SCN,也称为检查点号。在使用日志文件对数据库进行恢复时,将会用到 SCN 号。

重做日志文件组的状态有 ACTIVE、CURRENT 和 INACTIVE 共 3 种。而对于重做日志文件,则具有 VALID、INVALID 和 STALE 这 3 种状态,如果 Oracle 无法使用某个成员日志文件,则会将它标记为 INVALID,如果 Oracle 认为某个成员日志文件产生了错误,则会将它标记为 STALE 状态,可用的重做日志文件则被标记为 VALID 状态。

5.5.2　创建重做日志组及日志文件

要创建新的重做日志组和成员,用户必须具有 ALTER DATABASE 系统权限。一个数据库可以创建的重做日志组数目由参数 MAXLOGFILES 决定。

1. 创建重做日志组

创建重做日志文件可以使用 ALTER DATABASE 命令的 ADD LOGFILE 子句。

实例:向数据库中添加一个新的重做日志组 GROUP 3,其中包括两个成员,大小为 10MB,分别放在不同的磁盘分区中。

```
SQL > ALTER DATABASE ADD LOGFILE GROUP 3
('E:\oracle\oradata\orcl\redolog04.log',
'D:\dataorcl\redo05.log')
SIZE 10M
```

Oracle 默认的日志文件大小为 50MB,一般在 10～50MB 之间。也可以不指定组编号,这时,Oracle 会自动为新增的重做日志组设置编号,一般是在已有的组编号基础上递增。假如已有两个重做日志组,下面的代码同上面的一段代码具有相同的功能。

```
SQL > ALTER DATABASE ADD LOGFILE
('E:\oracle\oradata\orcl\redolog04.log',
'D:\dataorcl\redo05.log')
SIZE 10M
```

使用组编号可以更加方便地管理重做日志组,但是,对日志组的编号必须是连续的,不能跳跃式地指定日志组编号,因为这样会浪费控制文件的空间。

如果要创建一个非复用的重做日志文件,可以使用如下语句:

```
SQL > ALTER DATABASE ADD LOGFILE
'E:\oracle\oradata\orcl\redo04.log' REUSE
```

如果要创建的日志文件已经存在,则必须在 ALTER DATABASE 语句中使用 REUSE 子句,覆盖已有的操作系统文件。如果使用了 REUSE,就不能再使用 SIZE 子句设置重做日志文件的大小,重做日志文件的大小将由已存在的日志文件的大小决定。

2. 创建日志组的成员文件

在某些情况下,不需要为数据库创建一个新的重做日志组,只需要为已经存在的重做日志组添加新的成员日志文件。比如,由于某个磁盘发生物理损坏,导致日志组丢失了一个成员日志文件,这时就需要通过手动方式为日志组添加一个新的日志成员文件。

为重做日志组添加新的成员,需要使用 ALTER DATABASE 的 ADD LOG MEMBER 选项。

实例:为第 1 组添加一个新的成员日志文件。

```
SQL > ALTER DATABSE ADD LOGFILE MEMBER
'E:\oracle\oradata\orcl\rodo06.log' TO GROUP 1;
```

向日志组添加新的日志成员时,必须指定文件名,但是不能够指定大小,因为新成员的大小和同组中其他成员的大小是相同的。

向重做日志组增加成员日志文件,必须指定新的日志文件所属的重做日志组,上面的例子是通过直接指定日志组编号实现这一目的的。

还有另外一种方法也可以达到同样的目的,那就是指定一个日志文件名,新的日志文件就会被添加到该日志文件所在的重做日志组中去。

实例:通过指定一个已有日志文件来决定新日志文件所属的日志文件组。

```
SQL > ALTER DATABASE ADD LOGFILE MEMBER
'E:\oracle\oradata\orcl\redo06.log'
TO ('E:\oracle\oradata\orcl\redo03.log');
```

其中,E:\oracle\oradata\orcl\redo03.log 是重做日志组 2 中的日志文件,新的日志文件就成为重做日志组 2 的成员。

5.5.3　日志文件的移动和重命名

在重做日志文件创建后,有时还需要改变它们的名称和位置。比如,原来重做日志组中的所有成员都存放在同一个磁盘上,而为了保证系统的安全,希望把日志文件放在不同的磁盘上,这可以通过日志成员的移动来实现。

修改重做日志文件位置和名称的具体操作步骤如下。

1. 关闭数据库

```
SQL > CONNECT /AS sysdba
SQL > SHUTDOWN
```

2. 复制日志文件

在操作系统中重新命名重做日志文件,或者将重做日志文件复制到新的位置上,然后再删除原来位置上的文件。

3. 重新启动数据库实例

启动数据库实例,加载数据库,但是不打开数据库。

```
SQL > STARTUP MOUNT
```

4. 重新设置日志文件路径

使用带 RENAME FILE 子句的 ALTER DATABASE 语句重新设置重做日志文件的路径和名称。

```
SQL > ALTER DATABASE RENAME FILE
'E:\oracle\oradata\orcl\redo01.log',
'E:\oracle\oradata\orcl\redo02.log',
'E:\oracle\oradata\orcl\redo03.log'
```

```
TO
'E:\oracle\oradata\orcl\redo01n.log',
'E:\oracle\oradata\orcl\redo02n.log',
'E:\oracle\oradata\orcl\redo03n.log';
```

5. 打开数据库

```
SQL > ALTER DATABASE OPEN
```

6. 备份控制文件

重新启动数据库之后,对联机重做日志文件的修改将生效,通过查询数据字典视图 V＄LOGFILE 可以看到重做日志的更改情况。

```
SQL > SELECT MEMBER FROM V $ LOGFILE
MEMBER
-------------------------------
E:\ORACLE\ORADATA\ORCL\REDO03N.LOG
E:\ORACLE\ORADATA\ORCL\REDO02N.LOG
E:\ORACLE\ORADATA\ORCL\REDO01N.LOG
D:\DATAORCL\REDO03.LOG
D:\DATAORCL\REDO02.LOG
D:\DATAORCL\REDO01.LOG
```

5.5.4　删除重做日志组及日志文件

在某些情况下,例如在某个磁盘被损坏时,就需要删除该损坏磁盘上的日志文件,以防止重做记录被写入到不可访问的文件中。有时候,还可能需要删除整个重做日志文件组。

1. 删除日志成员文件

在删除成员日志文件之前,需要仔细考虑以下问题。

(1) 删除成员日志文件后,可能会导致各个重做日志组所包含的成员数不一致。在删除某个日志组中的一个成员后,数据库仍然可以运行,但是一个日志组可能只剩下一个成员文件,如果这个仅剩的成员文件被破坏,数据库将会崩溃。

(2) 每个重做日志组中至少要包含一个可用的成员。那些处于无效状态的成员日志文件对于 Oracle 来说是不可用的。可以通过查询 V＄LOGFILE 数据字典视图来查看各个成员日志文件的状态。

(3) 只能删除状态为 INACITVE 的重做日志组中的成员文件。如果要删除的成员日志文件所属的重做日志组处于 CURRENT 状态,则必须执行一次手动日志切换。

要删除一个成员日志文件,只需要使用 ALTER DATABASE 的 DROP LOGFILE MEMBER 子句。例如,下面的语句将删除 4 号日志组的第 2 个成员:

```
SQL > ALTER DATABASE DROP LOGFILE MEMBER
'E:\oracle\oradata\orcl\redo03.log';
```

此语句只是在数据字典和控制文件中将重做日志成员的信息删除,并不会在操作系统中物理地删除相应的文件,需要手动在操作系统中删除该文件。

2. 删除重做日志组

如果某个重做日志组不再需要,可以将整个日志组删除。删除一个日志组时,其中的所有成员文件也将被删除。所以,在删除日志组时,必须考虑下面几个问题。

(1) 无论日志组中有多少个成员,一个数据库至少需要两个重做日志组。

(2) 只能删除处于 INACTIVE 状态的日志组,如果要删除 CURRENT 状态的重做日志组,则必须手动执行日志切换,将它切换到 INACTIVE 状态。

(3) 如果数据库处于归档模式下,在删除重做日志组之前必须确定它已经被归档。可以通过查询数据字典视图 V＄LOG 来确定是否已经对日志组进行过归档。

```
SQL> SELECT GROUP#, ARCHIVED, STATUS FROM V$LOG
GROUP#          ARC              STATUS
_____     _____      _____

1               NO               INACTIVE
2               NO               CURRENT
3               YES              UNUSED
```

要删除一个重做日志组,需要使用 ALTER DATABASE 的 DROP LOGFILE 子句。例如,要删除第 3 组重做日志组:

```
SQL> ALTER DATABASE DROP LOGFILE GROUP 3;
```

同样,该语句只是在数据字典和控制文件中将重做日志组的记录信息删除,并不会物理地删除操作系统中相应的文件,需要手动在操作系统中将相应的文件删除。

5.5.5　清空重做日志文件

在数据库运行过程中,联机重做日志文件可能会因为某些原因而被损坏,这将导致归档操作的失败,数据库也将因此而停止。如果发生这种情况,可以在不关闭数据库的情况下,手动清除日志文件的内容,以避免出现数据库停止运行的情况。

清空重做日志文件就是将重做日志文件的内部全部初始化,这相当于删除该重做日志文件,然后再重新创建日志文件。也可以清空整个重做日志组,在清空一个重做日志组时,将同时清空该组中的所有成员日志文件。要清空一个重做日志文件或日志文件组,可以使用带有 ALTER DATABASE 的 CLEAR LOGFILE 子句实现。例如,下面的语句可以清空 2 号日志组中的所有成员文件。

```
SQL> ALTER DATABASE CLEAR LOGFILE GROUP 3;
```

执行清空操作时应注意以下三点。

(1) 如果仅有两个日志组,则不允许进行清空操作。

(2) 如果被清空的重做日志文件组处于 CURRENT 状态,则不允许清空。

(3) 如果要清空的重做日志文件组尚未归档,则必须使用 UNARCHIVED 子句,指定不对该日志文件组进行归档:

```
SQL> ALTER DATABASE CLEAR UNARCHIVED LOGFILE GROUP 3;
```

5.5.6　切换日志

当 LGWR 进程结束对当前重做日志组的使用，开始向下一组重做日志组写入重做记录时，称为发生一次日志切换。在数据库正常工作期间，只有当日志文件被写满后才会发生日志切换，但是在必要的时候可以通过手动方式来强制进行日志切换，例如在删除重做日志成员文件时。

如果需要将当前处于 CURRENT 状态的重做日志文件立即切换到 INVALID 状态，必须进行手动日志切换。手动切换可以使用 ALTER SYSTEM 的 SWITCH LOGFILE 子句实现。语句如下：

```
SQL> ALTER SYSTEM SWITCH LOGFILE;
```

每次的日志切换操作都会被记录在数据库警告文件中。

5.5.7　在 OEM 中管理重做日志组及日志文件

重做日志组及成员文件的管理包括对日志组和成员文件信息的查看、编辑、删除和创建新的日志组和成员文件。

"重做日志组"管理首页如图 5-22 所示。

图 5-22　"重做日志组"管理首页

如图 5-22 所示,现有重做日志组 3 个,每组只有 1 个成员文件,当前日志组为第 3 组,第 1、2 组处于 INACTIVE 状态。选中组 1,单击"查看"按钮,可以看到该组的详细情况,如图 5-23 所示。

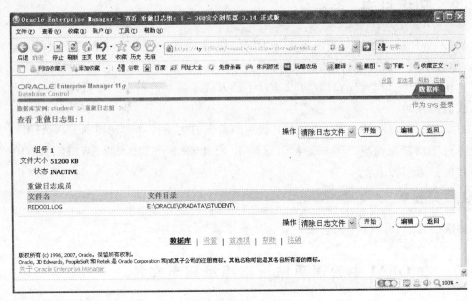

图 5-23 查看组信息

"查看重做日志组"页面显示了该重做日志文件组的文件大小、状态以及其中的成员文件的文件名和存放路径。此页面提供了"清除日志文件"功能,也可以从此页面进入对重做日志组的编辑页面。

"编辑重做日志组"页面如图 5-24 所示。

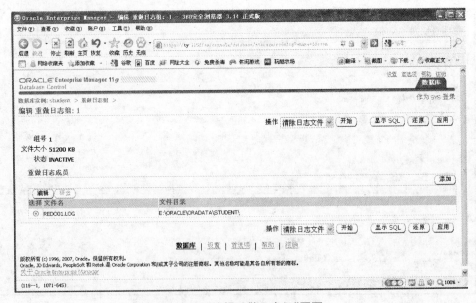

图 5-24 "编辑重做日志组"页面

在图 5-24 所示的页面中可以执行添加日志文件和对已有日志文件进行编辑的操作。图 5-25 是向重做日志组 1 中添加新的日志文件的页面。

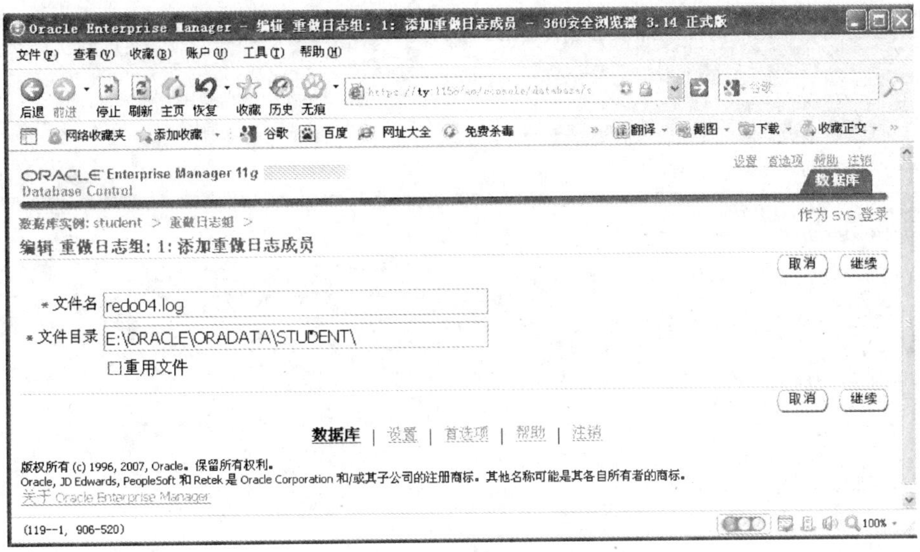

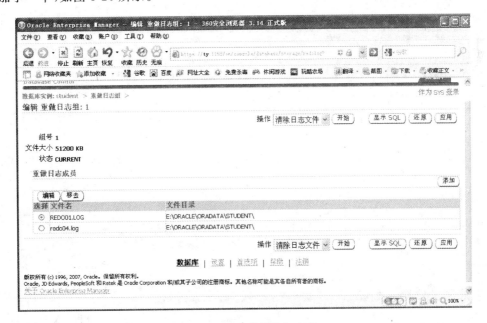

图 5-25 添加新的日志文件

输入新日志文件的名称和存放目录。如果要重用已有的日志文件,需要选中"重用文件"复选框。

单击"继续"按钮返回到"编辑 重做日志组"页面,此时可以看到该组的成员文件已经增加了一个,如图 5-26 所示。

图 5-26 日志成员添加完成

在图 5-26 所示的页面中单击"应用"按钮,才会真正地向重做日志组中加入新的成员文件,如图 5-27 所示。

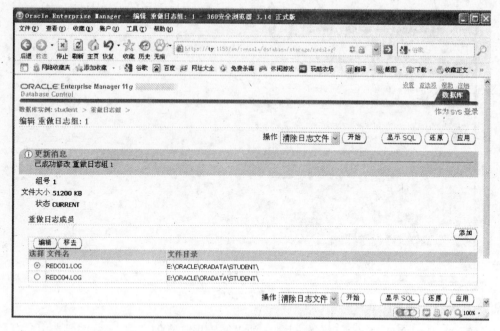

图 5-27 成员日志文件添加完成

要创建新的重做日志组,在图 5-22 所示的页面中单击"创建"按钮,打开"创建 重做日志组"页面,如图 5-28 所示。

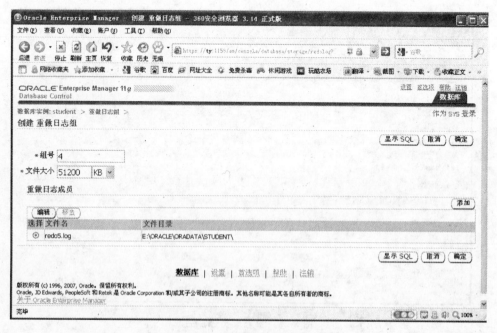

图 5-28 "创建 重做日志组"页面

为新的日志添加组编号,并定义该组中日志文件的大小。通过单击“添加”按钮向组中添加日志文件(具体过程同图 5-25)。这些操作完成后单击“确定”按钮,一个新的重做日志组就创建完成了。

思考题 5

1. Oracle 11g 都有哪些默认的表空间？说明它们的功能。

2. 说明表空间和数据文件的关系。

3. 用 PL * SQL 和 OEM 两种方式登录数据库实例 sales,并进行如下操作:

(1) 创建一个永久的用户表空间 TBS_use,数据文件路径“D:\oracle\oradata\sales\u_data1.dbf”,初始大小为 100MB,不允许自动扩展。

(2) 修改表空间 TBS_use 名称为 TBS_sales。

(3) 将表空间 TBS_sales 设置为默认表空间。

(4) 向表空间 TBS_sales 增加一个新的数据文件“D:\oracle\oradata\sales\u_data2.dbf”,初始大小为 50MB,允许自动扩展,每次扩展 256KB,不限制最大尺寸。

4. 控制文件中都包含哪些信息？控制文件的功能是什么？

5. 什么是多路复用控制文件？请说明启动控制文件多路复用的具体步骤。

6. 是否可以手动创建控制文件？说明创建控制文件的方法。

7. 联机重做日志文件有何功能？为什么任何时候数据库的重做日志组都应该至少包含两个成员文件？

8. 用 PL * SQL 和 OEM 两种方式完成以下操作:

(1) 向 sales 数据库添加一个新的重做日志组 GROUP 2,其中包括 2 个成员,大小为 15MB,分别放在路径“D:\oracle\oradata\sales”下和“E:\ sales”下。

(2) 为重做日志组 GROUP 2 添加一个新的成员文件“C:\ sales\ redo03. log”。

9. 说明修改重做日志文件位置和名称的具体操作步骤。

第6章

创建和管理数据库对象

数据库对象是指数据库中的表、索引、视图、聚簇、同义词、序列、快照和数据库连接等。实际上，开发应用系统所需要的 Oracle 数据库对象只有表，表是真正存放信息的对象。其他数据库对象的建立是为了便于对表中的数据信息进行管理，使数据的存取更加迅速，管理数据的形式更加灵活方便，提高数据库系统的工作效率。本章将介绍各种数据库对象的使用和管理方法。

学习目标

✓ 了解各种数据库对象的功能；

✓ 掌握表的创建、管理和使用方法；

✓ 掌握视图的使用和管理方法；

✓ 掌握索引的使用和管理方法；

✓ 掌握序列、同义词的使用方法。

6.1　表

表是数据库中最重要的数据库对象,是 Oracle 数据库的一种存储机制。在数据库中,表是真正存储用户信息的地方,表在数据库中有唯一的名称。如果用户要在 Oracle 数据库中创建表,则必须拥有 CREATE TABLE 系统权限。表分为临时表和永久表两种,使用 Oracle 企业管理器(Enterprise Manager)创建的表都是永久表。永久表除非被删除,否则一旦创建就固定存放在数据库中。

启动 Oracle 并登录到目标数据库之后,第一件工作便是创建与使用表,这样才能将数据保存到数据库中,进行后续的各项管理与开发工作。同时,表的结构设计是否合理、是否能保存所需的数据也对数据库的功能、性能、完整性有重要的影响。因此,在实际创建表之前,务必做好完善的用户需求分析和表的规范化设计,毕竟创建表之后就不能轻易进行修改了,否则就会增加很多维护系统的工作量。因为表是 Oracle 数据库最基本的对象,其他的许多数据库对象(如索引、视图)都是以表为基础的。

表一般指的是一个关系表,也可以生成对象表及临时表。其中,对象表是通过用户定义的数据类型生成的,临时表用于存储专用于某个事务或者会话的临时数据。

表中可以存储各种类型的不同数据,除了可以存储文本和数值数据外,还可以存储日期、时间戳、二进制数或者原始图像、文档等信息。

6.1.1　创建表的策略

表是数据库存储数据的基本单元,在关系数据库中,它对应于现实世界中的实体(如学生、课程等)或联系(如选课)。进行数据库设计时,需要先构造 E-R 图(实体联系图),然后再将 E-R 图转变为数据库中的表。

从用户角度来看,表中存储的数据的逻辑结构是一张二维表,即表由行、列两部分组成。表通过行和列来组织数据。通常称表中的一行为一条记录,表中的一列为一个属性列。一条记录描述一个实体,一个属性列描述实体的一个属性,如学生有学号、所属班级、姓名等属性,教师有教师编号、姓名、工资等属性。每个列都具有列名、列数据类型、列长度,可能还有约束条件、默认值等,这些内容在创建表时即被确定。

在 Oracle 中有多种类型的表。不同类型的表各有一些特殊的属性,适应于保存某种特殊的数据、进行某些特殊的操作,即在某些方面可能比其他类型的表的性能更好,如处理速度更快、占用的磁盘空间更少等。

在一个应用中,不论是数据库设计人员、应用程序开发人员,还是数据库管理员,在创建表之前都要进行足够的准备工作。在创建表时可以参照以下策略。

1. 表与列的命名

当创建一个表时,必须赋予它一个名称,还必须赋予各个列一个名称。表和列的名称必须满足下列要求,如果违反了就会创建失败,并产生错误提示。

(1) 长度必须在 1~30 个字节之间。

(2) 必须以字母开头。

(3) 能够包含字母、数值、下划线、♯号和美元符号 $。

(4) 不能使用保留字,如 CHAR、NUMBER 等。

(5) 若名称被围在双引号""中,要求名称的长度在 1~30 个字符之间,并且不含有嵌入的双引号。

(6) 同一个表中不能存在重复的列名。

表名称在表、视图、序列、专用同义词、过程、函数、包、物化视图和用户定义类型的名称空间内必须是唯一的,但是不同方案中的相同对象可以采用相同的名称,这时需要在数据对象前面加上方案名来区别。

2. 列的类型

在创建表的时候,不仅需要指定表名、列名,而且还要根据实际情况,为每个列选择合适的数据类型(Datatype),用于指定该列可以存储哪种类型的数据。通过选择适当的数据类型,就能够保证存储和检索数据的正确性。Oracle 数据表中列的数据类型和 PL/SQL 中的数据类型基本相同,只是在一些细节上稍有差异。这里不再赘述,可查阅7.2 节数据类型的相关内容或者参阅 Oracle 手册。

3. 列约束

Oracle 通过定义列的各种约束条件来保证表中数据的完整性。用户执行的任何 DML 语句的操作结果如果与已经定义的完整性约束发生冲突,Oracle 就会自动回退这个操作,并返回错误信息。

在 Oracle 中可以设置的约束条件包括非空(NOT NULL)约束、唯一性(UNIQUE)约束、检查(CHECK)约束、主键(PRIMARY KEY)约束和外键(FOREIGN KEY)约束。下面详细介绍各种约束的作用和特点。

(1) NOT NULL 约束

NOT NULL 约束,主要用于防止空值被插入到指定的列。这种类型的约束是在单列基础上定义的,在默认情况下,Oracle 允许在任何列中有 NULL 值。NOT NULL 约束具有如下特点:

① 定义了 NOT NULL 约束的列中不能包含 NULL 值或无值。在默认情况下,Oracle 允许在任何列中有 NULL 值或无值。如果在某个列上定义了 NOT NULL 约束,则插入数据时就必须为该列提供数据。

② 只能在单个列上定义 NOT NULL 约束。

③ 在同一个表中可以在多个列上分别定义 NOT NULL 约束。

(2) UNIQUE 约束

UNIQUE 即唯一性约束。该约束用于保证在该表中指定的各列的组合中没有重复的值。其主要特点如下:

① 定义了 UNIQUE 约束的列中不能包含重复值,但如果在一个列上仅定义了

UNIQUE 约束,而没有定义 NOT NULL 约束,则该列可以包含多个 NULL 值或无值。

② 可以为单个列定义 UNIQUE 约束,也可以为多个列的组合定义 UNIQUE 约束。因此,UNIQUE 约束既可以在列级定义,也可以在表级定义。

③ Oracle 会自动为具有 UNIQUE 约束的列建立一个唯一索引(Unique Index)。如果这个列已经具有唯一或非唯一索引,Oracle 将使用已有的索引。

④ 对同一个列可以同时定义 UNIQUE 约束和 NOT NULL 约束。

⑤ 在定义 UNIQUE 约束时可以为它的索引指定存储位置和存储参数。

（3）CHECK 约束

CHECK 约束即检查约束。其用于检查在约束中指定的条件是否得到了满足。CHECK 约束具有如下特点。

① 定义了 CHECK 约束的列必须满足约束表达式中指定的条件,但允许为 NULL 值。

② 在约束表达式中必须引用表中的单个列或多个列,并且约束表达式的计算结果必须是一个布尔值。

③ 在约束表达式中不能包含子查询。

④ 在约束表达式中不能包含 SYSDATE、UID、USER、USERENV 等内置的 SQL 函数,也不能包含 ROWID、ROWNUM 等伪列。

⑤ CHECK 约束既可以在列级定义,也可以在表级定义。

⑥ 对于同一个列可以定义多个 CHECK 约束,也可以同时定义 CHECK 约束和 NOT NULL 约束。

（4）PRIMARY KEY 约束

PRIMARY KEY 约束即主键约束。其用来唯一地标识表的每一行,并且防止出现 NULL 值。一个表只能有一个主键约束。PRIMARY KEY 约束具有如下特点。

① 定义了 PRIMARY KEY 约束的列(或列组合)不能包含重复值,并且不能包含 NULL 值。

② Oracle 会自动为具有 PRIMARY KEY 约束的列(或列组合)建立一个唯一索引和一个 NOT NULL 约束。

③ 在同一个表中只能够定义一个 PRIMARY KEY 约束的列(或列组合)。

④ 可以在一个列上定义 PRIMARY KEY 约束,也可以在多个列的组合上定义 PRIMARY KEY 约束。因此,PRIMARY KEY 约束既可以在列级定义,也可以在表级定义。

（5）FOREIGN KEY 约束

FOREIGN KEY 约束即外键约束。通过使用外键,保证表与表之间的参照完整性。在参照表上定义的外键需要参照主表的主键。该约束具有如下特点。

① 定义了 FOREIGN KEY 约束的列中只能包含在其他表中引用的相应的列的值,或为 NULL 值。

② 定义了 FOREIGN KEY 约束的外键列和相应的引用列可以存在于同一个表中,这种情况称为"自引用"。

③ 对于同一个列可以同时定义 FOREIGN KEY 约束和 NOT NULL 约束。

④ FOREIGN KEY 约束必须参照一个 PRIMARY KEY 约束或 UNIQUE 约束。

⑤ 可以在单个列上定义 FOREIGN KEY 约束，也可以在多个列的组合上定义 FOREIGN KEY 约束。因此，FOREIGN KEY 约束既可以在列级定义，也可以在表级定义。

6.1.2　创建表

当所有的表结构以及约束都设计完成之后，就可以开始表的创建了。所谓创建表，实际上就是在数据库中定义表的结构。表的结构主要包括表与列的名称、列的数据类型，以及建立在表或列上的约束。

创建表可以在 SQL * Plus 中使用 CREATE TABLE 命令完成，该命令的语法格式如下：

```
CREATE [[GLOBAL]TEMPORORY| TABLEI |schema.] table_name
    (column1 datatype1 [DEFAULT exp1] [column1 constraint],
     column2 datatype2 [DEFAULT exp2] [column2 constraint],
     [ … ]
     [table constraint])
[ORGANIZATION {HEAP|INDEX|EXTERNAL...}]
[PARTITION BY...(...)]
[TABLESPACE tablespace_name]
[LOGGING| NOLOGGING]
[COMPRESS|NOCOMPRESS]
```

其中各参数的含义说明如下。

(1) column1：列名称。

(2) datatype1：列数据类型。

(3) DEFAULT exp1：列默认值。

(4) column1 constraint：列的完整性约束。

(5) table constraint：表的完整性约束。

(6) ORGANIZITION {HEAP|INDEX|EXTERNAL...}：表的类型。如关系型、临时型、索引型、外部型或者对象型。

(7) PARTITION BY...(...)：分区及子分区信息。

(8) TABLESPACE tablespace_name：用于存储表的表空间。

(9) LOGGING|NOLOGGING：设置是否保留重做日志。

(10) COMPRESS|NOCOMPRESS：设置是否压缩存储。

如果要在自己的方案中创建表，要求用户必须具有 CREATE TABLE 系统权限。如果要在其他方案中创建表，则要求用户必须具有 CREATE ANY TABLE 系统权限。创建表时，Oracle 会为该表分配相应的表段。表段的名称与表名完全相同，并且所有数据都会被存放到该表段中，所以要求表的创建者必须在指定的表空间上具有空间配额或具有 UNLIMITED TABLESPACE 系统权限。

实例 1：创建一个学生基本信息表。

```
SQL > CREATE TABLE t_student
(student_no CHAR(10) PRIMARY KEY,
    student_name VARCHAR2(10) NOT NULL,
    student_sex CHAR(2),
    student_age NUMBER(3),
    student_class CHAR(8),
    constraint student_fk FOREIGN KEY (student_class) REFERENCE t_class (class_id)
);
```

这是一个基本的定义表的实例，定义了一个名为 t_student 的表，其中包含 5 个列。student_no(学号)定义为 CHAR 类型，长度为 10，并且作为表的主键；student_name(姓名)定义为 VARCHAR2 类型，长度为 10，非空；student_sex(性别)定义为长度为 2 的 CHAR 类型；student_age(年龄)定义为长度为 3 的 NUMBER 类型；student_class(所属班级)定义为 CHAR 类型，长度为 8；constraint student_fk FOREIGN KEY(student_class)REFERENCE t_class(class_id)指定将列 student_class 定义为外关键字，参照班级表 t_class 的 class_id 字段。

实例 2：创建学生基本信息表，并指定将其存放在表空间 myTB 中。

```
SQL > CREATE TABLE t_student
    (student_no CHAR(10) PRIMARY KEY,
    student_name VARCHAR2(10) NOT NULL,
    student_sex CHAR(2),
    student_age NUMBER(3),
    student_class CHAR(8),
    constraint student_fk FOREIGN KEY (student_class) REFERENCE t_class (class_id)
    )
    TABLESPACE myTB;
```

6.1.3　修改表结构

表在创建之后还允许对其进行更改，如添加或删除表中的列、修改表中的列，以及对表进行重新命名和重新组织等。

普通用户只能对自己方案中的表进行更改，而具有 ALTER ANY TABLE 系统权限的用户可以修改任何方案中的表。需要对已经建立的表进行修改的情况包括以下几种。

(1) 添加或删除表中的列，或者修改表中列的定义(包括数据类型、长度、默认值以及 NOT NULL 约束等)。

(2) 对表进行重新命名。

(3) 将表移动到其他数据段或表空间中，以便重新组织表。

(4) 添加、修改或删除表中的约束条件。

(5) 启用或禁用表中的约束条件、触发器等。

修改表结构采用 ALTER TABLE 语句实现。

1. 增加列

如果需要在一个表中增加实体的新属性,则需要在表中增加新列。在一个现有表中添加一个新列的语法格式如下:

```
ALTER TABLE[schema.]table_name ADD(column definition1, column definition2)
```

实例:在表 t_student 中增加一个新列 student_phone。

```
SQL > ALTER TABLE t_student ADD student_phone VARCHAR2(11);
```

新添加的列总是位于表的末尾。column definition 部分包括列名、列的数据类型以及列约束。

2. 更改列

如果需要调整一个表中某些列的数据类型、长度和默认值,则需要更改这些列的属性,没有更改的列不受任何影响。更改表中现有列的语法格式如下:

```
ALTER TABLE[schema.]table_name MODIFY(column_name1 new_attributes1, column_name2 new_attributes2, … )
```

实例:更新表 t_student,将 student_sex 列的数据类型改为 NUMBER(1)。

```
SQL > ALTER TABLE t_student MODIFY student_sex NUMBER(1);
```

在表中更新列时,应该注意以下两点。

(1) 在一般情况下,只能把数据的长度从短向长改变,不能从长向短改变。可把某种数据类型改变为兼容的数据类型。

(2) 当表中没有数据时.可以把数据的长度从长向短改变,也可以把某种数据类型改变为另外一种数据类型。

本例中对列类型的修改就属于第 2 种情况。

3. 直接删除列

当不再需要某些列时,可以将其删除。直接删除列的语法格式如下:

```
ALTER TABLE[schema.]table_nanm DROP(column_name1, column_name2)[CASCADE CONSTRAINTS]
```

实例 1:删除表 t_student 中的 student_age 列。

```
SQL > ALTER TABLE t_student DROP COLUMN student_age;
```

如果要删除多列,则需要用括号将多个列名括起来,每个列名用逗号分隔,并且不能再使用关键字 COLUMN。

实例 2:删除表 t_student 中的 student_age 列和 student_sex 列。

```
SQL > ALTER TABLE t_student DROP(student_age, student_sex);
```

删除列的同时,相关列的索引和约束也会被删除。如果删除的列是一个多列约束的组成部分,那么就必须指定 CASCADE CONSTRAINTS 选项,这样才会删除相关的约束。

4. 将列标记为 UNUSED 状态

删除列时,将删除表中每条记录的相应列的值,同时释放所占用的存储空间。因此,如果要删除一个大表中的列,由于必须对每条记录进行处理,删除操作可能会执行很长的时间。为了避免在数据库使用高峰期间由于执行删除列的操作而占用过多的系统资源,可以暂时通过 ALTER TABLE SET UNUSED 语句将要删除的列设置为 UNUSED 状态。

该语句的语法格式如下:

```
ALTER TABLE [ schema. ] table _ name SET UNUSED ( column _ name1, column _ name2 … ) [ CASCADE
CONSTRAINTS]
```

实例:修改表 t_student,将其中的列 student_age 标记为 UNUSED 状态。

```
SQL > ALTER TABLE t_student SET UNUSED(student_age);
```

被标记为 UNUSED 状态的列与被删除的列之间是没有区别的,都无法通过数据字典或在查询中看到。另外,甚至可以为表添加与 UNUSED 状态的列具有相同名称的新列。

要删除表中被标记为 UNUSED 的列,可以在 ALTER TABLE 语句中使用 DROP UNUSED 子句实现。

实例:从表 t_student 中删除被标记为 UNUSED 的列。

```
SQL > ALTER TABLE t_student DROP UNUSED column;
```

该操作将删除表中所有被标记为 UNUSED 的列,并收回磁盘空间。

6.1.4 修改和删除表

前面介绍的是对表结构进行修改的方法,下面介绍对表的其他管理,如重命名、改变存储特性、删除等。

1. 表的重命名

表在创建之后可以对其进行重命名,该功能使用 ALTER TABLE RENAME 语句实现,如将表 t_student 重命名为 t_student_info,语句如下:

```
SQL > ALTER TABLE t_student RENAME TO t_student_info;
```

用户只能对自己模式中的表进行重命名。

2. 移动到新的表空间

为了便于管理,通常应将相关的表放在同一个表空间中。表在创建之后可以使用 ALTER TABLE 命令移动其存放的表空间,语法格式如下:

```
ALTER TABLE table_name MOVE TABLESPACE tablespace_name
```

实例:将表 t_student_info 移动到表空间 USERS 中。

```
SQL > ALTER TABLE t_student_info MOVE TABLESPACE USERS;
```

3. 删除表

在一般情况下,用户只能删除自己模式中的表,如果要删除其他模式中的表,则用户必须具有 DROP ANY TABLE 系统权限。删除表可以用 DROP TABLE 语句实现。

实例:删除表 t_student_info。

```
SQL > DROP TABLE t_student_info;
```

删除表定义即将表从数据库中删除,一旦删除成功,该表将不复存在,而且其中所包含的数据也将被删除,所以删除表定义应慎重。

在删除一个表定义时,Oracle 将执行如下的一系列操作。

(1) 删除表中所有的记录。

(2) 从数据字典中删除该表的定义。

(3) 删除与该表相关的所有索引和触发器。

(4) 回收为该表分配的存储空间。

(5) 如果有视图或 PL/SQL 过程依赖于该表,这些视图或 PL/SQL 过程将被置于不可用状态。

在 DROP TABLE 语句中有一个可选的子句 CASCADE CONSTRAINTS。当使用该选项时,DROP TABLE 不仅会删除该表,而且会删除引用这个表的所有视图、约束或触发器等。

6.1.5　在 OEM 中管理表

表的管理在 OEM 的"方案"页面中进行,如图 6-1 所示。

图 6-1　"方案"页面

在"方案"页面中包含了本章将介绍的所有数据库对象管理功能。单击相应的链接，就进入了具体的管理页面，图 6-2 所示的是表的管理首页。

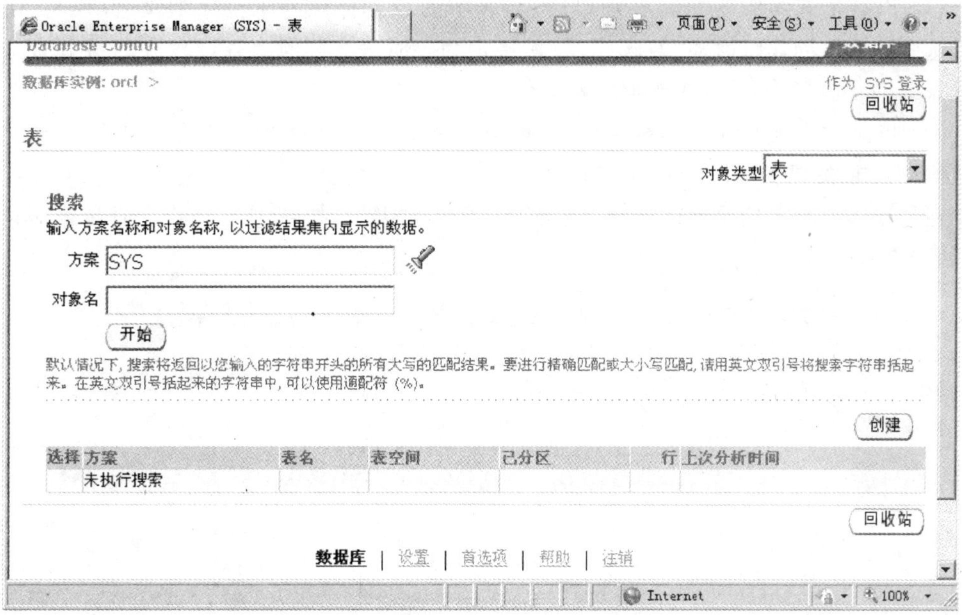

图 6-2　"表"页面

搜索功能同第 5 章所述。

"创建"按钮提供了创建新的关系表的功能，单击"创建"按钮将启动创建表向导，如图 6-3 所示。

图 6-3　创建表：表组织

在图 6-3 所示的"表组织"页面中可以设置要创建的表类型。如果选择 IOT 表类型,该页面上会出现子选项卡,可以为这些表设置更多的参数。标准表和索引表的不同之处如下:

(1) 以堆形式组织的标准表是普通表,表中的数据存储为未排序的集合(堆)。可以通过选中"临时-创建临时表"复选框,将表指定为临时表。临时表存储仅在事务处理或会话进行期间存在的会话专用数据。

(2) 以索引形式组织的表称为索引表(IOT),存储以索引形式组织的表行的主关键字列值以及非关键字列值。

在如图 6-3 所示的页面中选择"标准"表。单击"继续"按钮进入表的一般信息编辑页面,如图 6-4 所示。

图 6-4 创建表:一般信息

图 6-4 所示的页面的功能是定义表的主要属性,包括表的名称、所属方案名、存储表空间以及各个列的定义。

在列的定义中需提供以下一些信息。

(1) 名称:即列名,列名在同一张表中必须是唯一的。

(2) 数据类型:列数据的数据类型,可以从下拉列表中选择。

(3) 大小:即列的长度,指定一个整型数作为列的长度。

(4) 小数位数:如果是数值类型的,可以通过指定小数位数来规定取值的精度。

(5) 不为空:设置该列是否允许为空。在默认情况下允许为空,如果将该列设置为 NOT NULL,则选中该选项。

(6) 默认值:如果需要,为列指定默认值。

(7) 已加密:通过加密选项设置列是否需要加密。

通过单击"设置默认的 LOB 属性"按钮打开。"设置默认的 LOB 属性"页面可以设置 LOB 属性和 LOB 存储属性,用做指定表的所有 LOB 存储的默认属性。

单击"加密选项"按钮可以定义列的加密选项。

如果列数超过 5 个,可以通过单击"添加 5 个表列"按钮来增加输入行。

对于每个定义的列,如果希望在其前面增加一列,则选中其列名前面的"选择"按钮,然后单击"插入"按钮,即可在该列前面增加一列。

在列被选中的情况下,通过单击"删除"按钮和"高级属性"按钮,可以对其执行删除操作或者高级属性定义操作。定义高级属性的操作页面如图 6-5 所示。

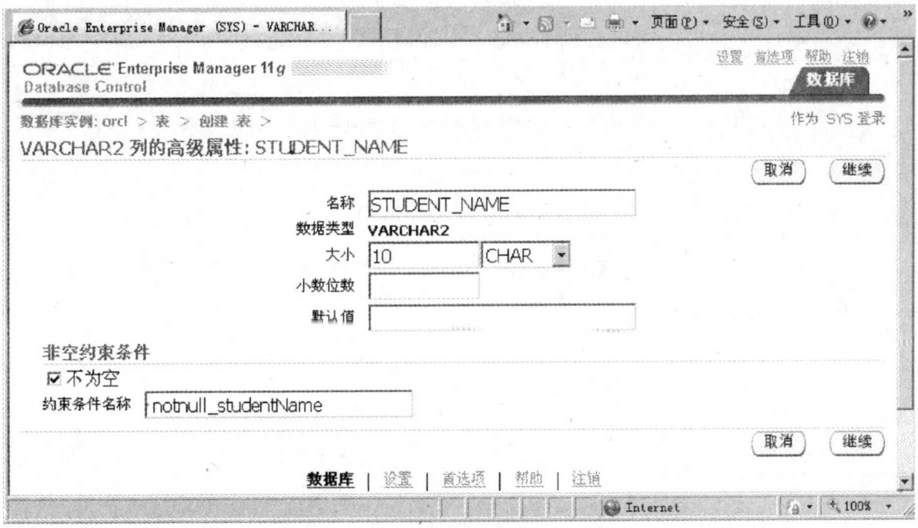

图 6-5　列的高级属性定义页面

在列的高级属性页面中可以定义列的详细信息,并且可以为非空约束指定约束名。

表的一般信息定义完成后,选择"约束条件"选项卡,进行约束条件定义,如图 6-6 所示。

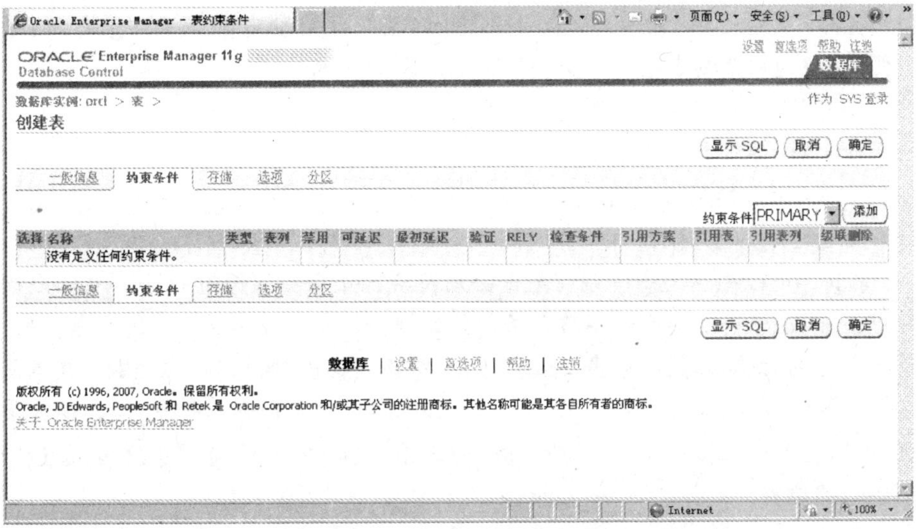

图 6-6　创建表: 约束条件

在"约束条件"页面中可以为表定义主键约束、外键约束、唯一性约束和检查约束,在"约束条件"下拉列表框中可以选择约束类型,如图 6-7 所示。

例如,为表 t_student 定义主关键字,则选择 PRIMARY 选项,然后单击"添加"按钮,进入主键定义页面,如图 6-8 所示。

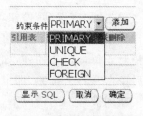

图 6-7 选择约束条件类型

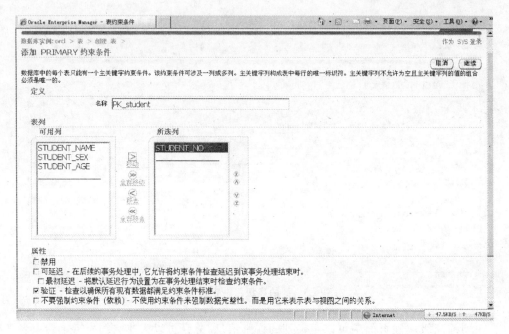

图 6-8 主键定义页面

(1) 名称:为主键定义的名称,如果不指定,系统会自动分配一个约束名,但是为了管理方便,建议为每个约束指定一个便于记忆的名称。

(2) 可用列:列出了在"一般信息"页面中定义的所有列。

(3) 所选列:定义约束的列。

(4) 禁用:指定禁用或者启用该约束条件。

(5) 可延迟:设定约束条件检查时间。

(6) 验证:可以指定表中的现有数据必须符合约束条件(经过验证),也可以指定数据不经过验证,这样可能会产生不符合条件的数据。

选中定义约束的列,然后单击"移动"按钮,将该列移进"所选列"列表中。在本例中将学号定义为主键,所以对应的列 STUDENT_NO 被移入"所选列"列表中。如果约束涉及多个列,可以将多个列按顺序移入"所选列"列表中。也可以在全部移进之后,通过上下按钮调整各列的位置。

以上各项设置完成之后,单击"继续"按钮,返回到主管理页面,可以看到刚刚定义的主键已经存在了,如图 6-9 所示。

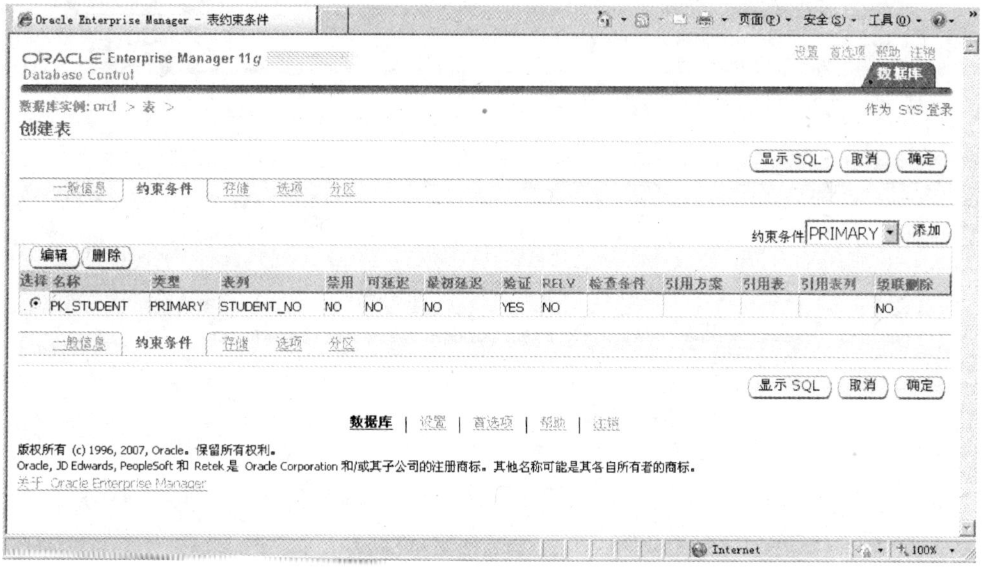

图 6-9 主键定义成功

在"存储"页面可以设定表的存储特性,如图 6-10 所示,包括初始分区大小、空间使用百分比以及允许的事务处理数和所用的缓冲池。

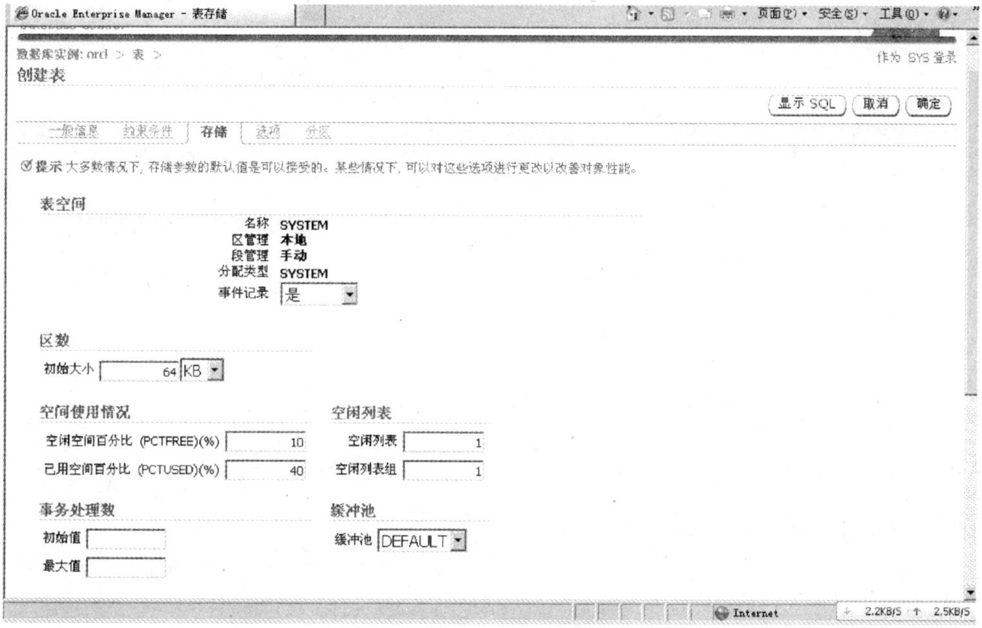

图 6-10 创建表：存储

在以上任何步骤中单击"显示 SQL"按钮,都可以查看已经设定的表定义相关的 SQL 语句,图 6-11 是定义了主键之后的 SQL 语句。

图 6-11　显示的 SQL 语句

当确认所有定义已经设置完成之后，单击"确定"按钮，开始创建表，完成之后显示创建成功的提示信息，如图 6-12 所示。

表的编辑操作与创建类似，可以对表的一些定义进行修改。

删除表的操作如图 6-13 所示。

在图 6-13 所示的页面中有以下 3 个删除选项。

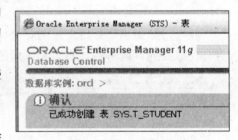

图 6-12　表创建成功

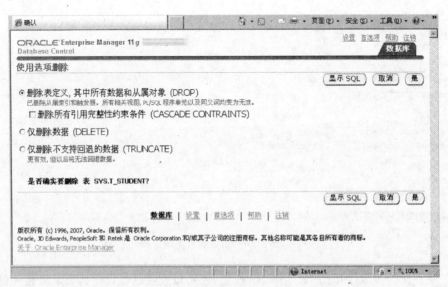

图 6-13　删除表

（1）"删除表定义,其中所有数据和从属对象"：选择该选项将删除表定义以及其中的所有数据和该表的所有从属对象,如索引、触发器等。所有相关的视图、过程、函数以及同义词将失效。

（2）"仅删除数据"：只删除表中的所有数据。

（3）"仅删除不支持回退的数据"：相当于 TRUNCATE 命令。

6.2 索引

在数据库中,索引是除表之外最重要的数据对象,其功能是提高对数据表的检索效率,类似于图书目录,检索时能迅速地找到表中的数据,而不必扫描整个表。

索引是数据和存储位置的列表。对于包含大量数据的表来说,如果没有索引,那么对表中数据的查询速度可能就非常慢。索引是建立在表上的、可选的数据对象。索引通过事先保存的、排序后的索引键取代默认的全表扫描检索方式。

在一个表上是否创建索引、创建多少个索引、创建什么类型的索引,都不会对表的使用方式产生任何影响。但是,通过在表中的一个列或多个列上创建索引,却能够为数据的检索提供快捷的存取路径,减少查询时的硬盘 I/O 操作,加快数据的检索速度。

建立在表上的索引是一个独立于表的数据对象,它可以被存储在与表不同的磁盘或表空间中。索引一旦被创建,在表上执行 DML 操作时 Oracle 就会自动对索引进行维护,并且由 Oracle 决定何时使用索引,用户完全不需要在 SQL 语句中指定使用哪个索引、如何使用索引。在表上是否创建索引不影响用户编写和使用任何对表进行操作的 SQL 语句。

6.2.1 索引的类型

Oracle 中索引的类型有唯一索引、非唯一索引、位图索引、分区索引、未排序索引、逆序索引和基于函数的索引。

1. 唯一索引

唯一索引指定表中被索引的列（或列的组合）的值必须唯一。唯一索引表中的记录没有 RowID,所以不能再对其建立其他索引。在 Oracle 中要建立一个唯一索引,必须在表中设置关键字,建立了唯一索引的表只按照该唯一索引结构排序。

2. 非唯一索引

不对索引列的值进行唯一性限制的索引称为非唯一索引。

3. 位图索引

位图索引是指将索引作为位图创建,而不是 B 树。两者的区别是：位图索引的叶子节点不是以 RowID 的形式标识的。当数据不常被查询、在列中极少有不同值时位图索引很有用。当创建表的命令中包含有唯一的关键字时，不能创建位图索引。创建全局分区索引时不能选用位图索引。

4. 分区索引

所谓分区索引，是指索引可以分散地存在于多个不同的表空间中，其优点是可以提高数据查询的效率。

5. 未排序索引

未排序索引也称为正向索引。Oracle 数据库中的行是按升序排列的，因此创建索引时不必指定对其排序而保持默认的顺序。

6. 逆序索引

逆序索引也称为反向索引。该索引同样保持索引列按顺序排列，但是颠倒已索引的每列的字节（RowID 除外）。

7. 基于函数的索引

基于函数的索引是指索引中的一列或者多列是一个函数或者表达式，索引根据函数或者表达式计算索引列的值。可以将基于函数的索引创建成位图索引。

另外，按照索引所包含的列数可以把索引分为单列索引和复合索引。索引列只有一列的索引称为单列索引；在多个列上建立的索引称为复合索引。

6.2.2   创建索引

索引的创建使用 CREATE INDEX 语句实现。即使在自己的模式中创建索引，也需要用户具有 CREATE INDEX 系统权限。如果要在其他用户模式中创建索引，则需要具有 CREATE ANY INDEX 系统权限。

CREATE INDEX 的语法格式如下：

```
CREATE [UNIQUE] | [BITMAP]INDEX[schema.]index_name
ON [schema.]table_name([column1[ASC|DESC],column2[ASC|DESC], … ]|[express])
[TABLESPACE tablespace_name]
[PCTFREE n1]
[STORAGE( INITIAL n2)]
[COMPRESS n3]|[NOCOMPRESS]
[LOGGING]| [NOLOGGING]
[ONLINE]
[COMPUTE STATISTICS]
[REVERSE]|[NOSORT];
```

其中各参数的含义说明如下。

（1）UNIQUE：表示创建唯一索引。

（2）BITMAP：表示创建位图索引，如果不指定，默认创建 B 树索引。

（3）index_name：索引的名称。

（4）table_name：创建索引的表的名称。

（5）column1[ASC|DESC]：索引列，并指定索引的排序规则为升序或者降序，默认

为升序。

　　(6) tablespace_name：索引存放的表空间，默认存放在用户的默认表空间中。

　　(7) PCTFREE n1：预留空间的百分比。

　　(8) STORAGE(INITIAL n2)：初始空间大小。

　　(9) LOGGING|NOLOGGING：指定是否归档。

　　(10) ONLINE：处于联机状态。

　　(11) REVERSE|NOSORT：创建逆序索引或者未排序索引。

　　实例：在表 t_student 的 student_name 列上创建一个索引。

```
SQL > CREATE INDEX index_on_studentname
ON t_student(student_name)
TABLESPACE myTB
PCTFREE 30;
```

　　该语句表示在表 t_student 的 student_name 列上创建一个名为 index_on_studentname 的索引，存放在 myTB 表空间中，预留空间百分比为30%。

6.2.3　删除索引

　　在一般情况下，索引一旦创建，用户不需要对其进行维护，索引的维护由 Oracle 自动完成。但是有时需要 DBA 对索引进行删除。在如下几种情况下需要删除索引。

　　(1) 索引的创建不合理或不必要。

　　(2) 在使用中发现几乎没有查询，或者只有极少数查询会用到该索引。

　　(3) 由于该索引中包含损坏的数据块，或者包含过多的存储碎片，需要首先删除该索引，然后再重建索引。

　　(4) 移动了表的数据，导致索引无效，此时需要删除并重建该索引。

　　(5) 当使用 SQL * Loader 给单个表装载数据时，系统也会同时给该表的索引增加数据，为了加快数据装载速度，在装载之前删除所有索引，然后在数据装载完毕之后重新创建这些索引。

　　如果索引是使用 CREATE INDEX 语句创建的，可以使用 DROP INDEX 语句删除。如果索引是在定义约束时由 Oracle 自动建立的(如创建主键)，则可以通过禁用约束(DISABLE)或删除约束的方法来删除对应的索引。

　　实例：删除索引 index_on_studentname。

```
SQL > DROP INDEX index_on_studentname;
```

6.2.4　在 OEM 中管理索引

　　索引的管理页面可以从管理器的"方案"页面进入。另外，因为索引是从属于表的，所以可以从表管理页面进入。在图 6-14 所示的表管理主页面中，通过搜索功能，找到索引

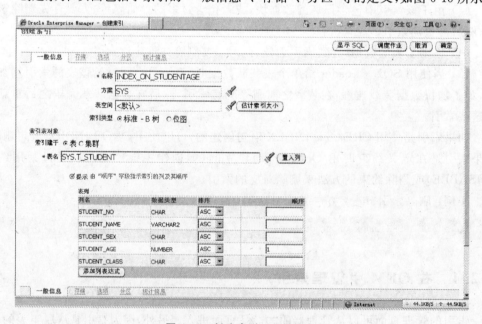

图 6-14　表管理主页面

相关的表。

　　这里要为表 t_student 定义索引。所以，首先在"对象名"文本框中，输入表名 t_student，单击"开始"按钮，将找到该表。在图 6-14 中，选中表 t_student，然后在"操作"选项中选择"创建索引"操作，单击"开始"按钮，进入"创建索引"页面。

　　"创建索引"页面包括了索引的"一般信息"、"存储"、"分区"等的定义，如图 6-15 所示。

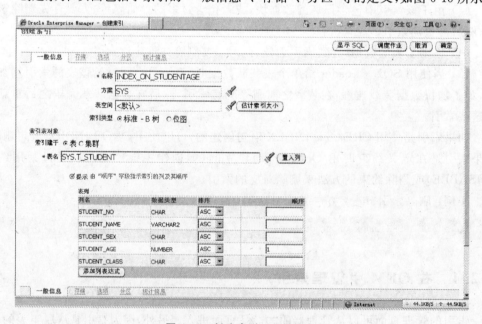

图 6-15　创建索引：一般信息

"一般信息"页面中包括以下信息。

（1）名称：索引名称，如果不指定，系统会自动为索引分配一个名称。为了方便管理，建议为索引指定一个方便记忆的名称。

（2）方案：索引所属的方案的名称。

（3）表空间：索引存放的表空间。索引是一个存储的实体，需要实际的物理空间存储。

（4）索引类型：指定创建索引的类型。索引的类型参见 6.2.1 小节。

（5）索引建于：索引可以建立在单个表上，也可以建立在聚簇（cluster）上，此选项用于指定索引表对象类型。关于聚簇的概念参见 6.4 节。

（6）表名：索引基于的表名。

在表名确定的情况下，将列出该表中的所有列供用户选择。其中：

（1）排序：指定该列在索引中的排序方式，默认为升序（ASC）。

（2）顺序：一个索引中可以包含一个列，也可以包含多个列。通过设定列的顺序值来指定列在索引中的顺序。如索引中只包含一个 student_age 列，则将该列的顺序值设为 1。如果包含多列，如 student_age 列和 student_class 列，可以指定 student_age 列的顺序值为 1，student_class 列的顺序值为 2，即 student_age 为第一索引列，student_class 为第二索引列。

其他选项卡中的设置同表创建过程相同。

设置完成之后，单击"确定"按钮，返回"索引"管理页面，可以看到刚刚创建的索引，如图 6-16 所示。

对索引的编辑和删除操作与表类似，在此不再赘述。

图 6-16 "索引"管理页面

6.3　视图

视图(View)也是一种数据库对象,是由 SELECT 子查询语句定义的一个逻辑表,只有定义而无数据,并不占用物理内存。它提供了一种查看表的方式。

视图的定义存储在数据字典中。当需要的时候,这个语句才被执行,并把查询的结果数据以表的形式显示给用户,所以视图是表的映像,是一个虚表,视图查询所使用的表称为视图的基表。

视图可以由以下任意一项组成。

(1) 一个基表的任意子集。

(2) 两个或者两个以上基表的合集。

(3) 两个或者两个以上基表的交集。

(4) 对一个或者多个基表进行运算的结果集合。

(5) 另一个视图的子集

使用视图有许多优点,如提供各种数据表现形式、保证某些数据的安全性、隐藏数据的复杂性、简化查询语句、执行特殊查询、保存复杂查询等。

视图提供了一种数据安全措施。由于视图是一个虚表,可以根据来访用户的身份和权限,将该用户使用权限之内的数据生成可访问的视图,隐藏其他数据,减少数据管理的混乱和不安全因素。

视图使数据操纵更加简捷方便。当所需的数据来源于几个基表并且需要进行复杂运算时,可以建立一个混合多表信息的视图,用户不必关心数据在数据库中的连接关系而直接使用所需的数据。另外,在生成视图时,可以给字段重新命名以使它们有意义,方便用户使用。例如:SELECT col1 as name, col2 as age FROM tabl,这样,用户在视图中看到的字段名就是 name 和 age 而不是 col1 和 col3 了。

视图的使用增加了应用程序设计的灵活性。对于需要使用一部分相同数据的多个应用程序,可以为每个应用程序生成独占的视图,这样基表中其他数据的修改就不会影响到应用程序。

视图的使用和管理在许多方面都与表相似,如都可以被创建、更改和删除,都可以用于操作数据库中的数据。但除了 SELECT 之外,视图在 INSERT、UPDATE 和 DELETE 方面受到一些限制。

6.3.1　创建视图

如果用户在自己的方案中创建视图,需要具有 CREATE VIEW 系统权限;如果要在其他方案中创建视图,要求用户必须具有 CREATE ANY VIEW 系统权限。

可用 CREATE VIEW 语句创建视图。创建视图时,视图的名称和列名必须符合表的命名规则。创建视图的基本语法格式如下：

```
CREATE [OR REPLACE][FORCE] VIEW [schema.]view_name
[(column1,column2,…)]
AS
SELECT col1,col2,…
FROM table_name
WHERE condition
[WITH CHECK OPTION] [CONSTRAINT constraint_name]
[WITH READ ONLY]
```

其中各参数的含义说明如下。

(1) OR REPLACE：如果存在同名的视图，则使用新视图替代已有的视图。

(2) FORCE：强制创建视图，不考虑基表是否存在，也不考虑是否具有使用基表的权限。

(3) schema：指出在哪个方案中创建视图。

(4) view_name：视图的名称。

(5) column1,column2：视图的列名。列名的个数必须与 SELECT 子查询中的列名的个数相同。如果不提供视图的列名，Oracle 会自动使用子查询的列名或列别名，如果子查询包含函数或表达式，则必须为其定义列名。如果由 column1、column2 等指定的列名个数与 SELECT 子查询中的列名个数不相同，则会有错误提示。

(6) AS：子查询开始标记。

(7) SELECT…FROM…WHERE：用于创建视图的子查询。创建视图的子查询不能包含 FOR UPDATE 子句，并且相关的列不能引用序列的 CURRVAL 或 NEXTVAL 伪列值。

(8) WITH CHECK OPTION：使用视图时，检查涉及的数据是否能通过 SELECT 子查询的 WHERE 条件，否则不允许操作并返回错误提示。

(9) CONSTRAINT constraint_name：当使用 WITH CHECK OPTION 选项时，用于指定该视图的该约束的名称。如果没有提供一个约束名称，Oracle 就会生成一个以 SYS 开头的约束名称，后面是一个唯一的字符串。

(10) WITH READ ONLY：创建的视图只能用于查询数据，而不能用于更改数据。该子句不能与 ORDER BY 子句同时存在。

实例 1：创建一个简单视图。

创建一个基于表 t_student 的视图，显示其中所有男生的信息。

```
SQL> CREATE VIEW v_studentIsMan
AS
SELECT * FROM t_student
WHERE student_sex = '1';
```

其中，值 1 表示男生。

实例 2：创建一个视图，显示所有学生的姓名和成绩。

假设成绩表 t_score 中只包含学生的学号、课程号和成绩，要实现此目的需要对表 t_

student 和表 t_score 进行连接。

```
SQL > CREATE VIEW v_score
AS
SELECT stu. student_name, sco. class_no, sco. score
FROM t_student stu, t_score sco
WHERE stu. student_no = sco. student_no;
```

实例 3：创建视图，显示所有学生的各科平均成绩。

```
SQL > CREATE VIEW v_ageScore
AS
SELECT student_no, avg(sco. score) avg_score
FROM t_score
GROUP BY student_no;
```

在视图创建成功之后，可以在其上创建其他视图，也就是说，视图可以基于视图来创建。视图在数据查询中的用法同表完全相同，这就为数据的查询提供了方便的工具，降低了代码的复杂性。

6.3.2　修改和删除视图

1. 修改视图

创建视图之后，根据需要可能会对其进行修改。修改视图可以使用 CREATE VIEW 命令的 OR REPLACE 选项来实现，实际上就是对视图的重新定义，替换原有的视图。

例如，修改在 6.3.1 小节实例 3 中定义的视图 v_ageScore，以显示所有男生的平均成绩，可以执行以下的 SQL 语句：

```
SQL > CREATE OR REPLACE VIEW v_ageScore
AS
SELECT student_no, avg(sco. score) avg_score
FROM t_score
WHERE student_no IN (SELECT student_no FROM t_student WHERE student_sex = '1')
GROUP BY student_no;
```

2. 删除视图

视图的删除同表的删除相似，使用 DROP VIEW 语句实现。

6.3.3　在 OEM 中管理视图

在 OEM 中对视图进行管理的操作同前两种对象相似，图 6-17 是创建视图的一般信息页面。因为视图并不实际存储数据，不需要指定存储参数，所以也就没有"存储"选项页。

在"一般信息"页面可以定义视图的名称、所属方案、别名以及查询文本。其中的"替换视图"选项表示如果该方案已经存在同名的视图，则替换它。同创建视图语法中的 REPLACE 选项。在"查询文本"文本域中定义产生视图的子查询。

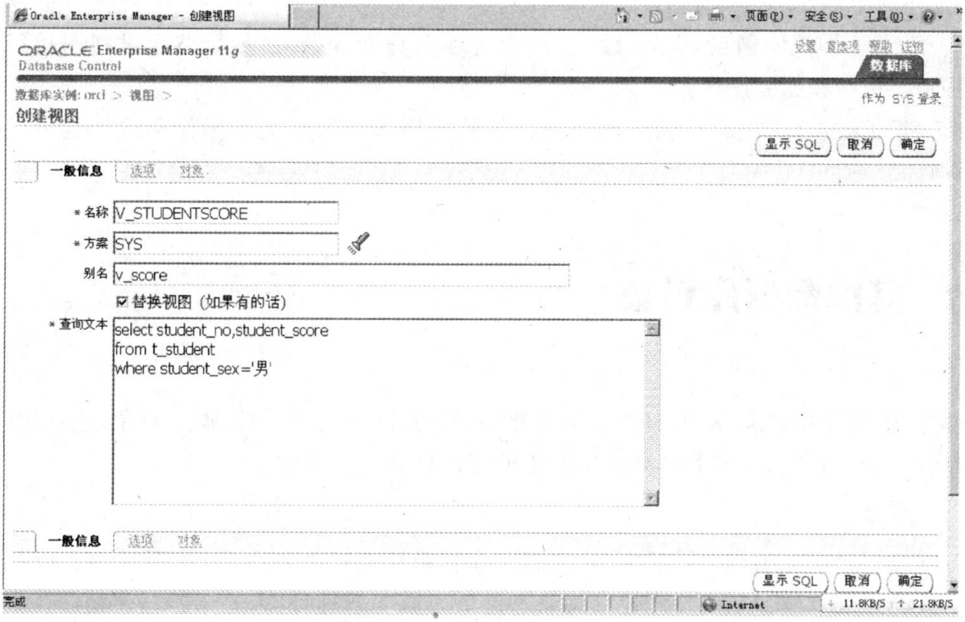

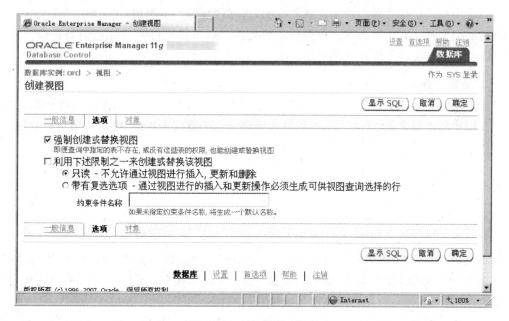

图 6-17 创建视图:一般信息

在"选项"页面中可以指定视图的创建方式和使用方式,如图 6-18 所示。

图 6-18 创建视图:选项

(1)强制创建或替换视图:相当于 CREATE VIEW 语法中的 FORCE 选项,即即使创建视图的条件不成立,如表不存在,或者权限不允许等,也创建该视图。

(2)利用下述限制之一来创建或替换该视图:为视图指定使用方式,可从下面的两项中选择一个。

① 只读：即视图创建成功之后，只能通过视图查询数据，而不能够通过视图执行数据的插入、更新和删除操作。

② 带有复选选项：指定通过视图进行的数据插入和数据更新操作必须生成可供视图查询选择的行。

6.4　其他数据库对象

除了上面介绍过的表、索引和视图之外，还有另外一些重要的数据库对象，包括聚簇、数据库连接和同义词。本节将对这些对象的作用做简要的介绍。

1. 聚簇

如果经常同时访问多个表，则可以把这些表物理地存放在一起，从而减少 I/O 操作次数，提高系统效率。这些物理地存储在一起的表需要管理容器，这个容器就是簇。

簇是包含一个或多个表的数据的方案对象，簇中所有的表共有一个或多个列。Oracle 将来自所有表的共享同一簇关键字的行存储在一起。

簇中所有表共有的列称为簇键，簇键值只存储一次，簇键用一个簇索引来进行索引，在簇向表中插入记录之前必须先建立簇索引，这样的簇称为索引簇。

簇的另一种形式是散列簇。散列簇使用散列函数根据簇键值计算记录的存储位置。散列簇可以明显提高等值查询的效率。

2. 数据库连接

作为一个分布式数据库系统，Oracle 数据库提供了使用远程数据库的功能。在使用远程数据库的数据之前，必须为该远程数据库创建一个数据库连接，使本地用户通过这个数据库连接登录到远程数据库上以使用它的数据。

数据库连接有公用和专用两种。公用数据库连接是可以由所有用户使用的，而专用数据库连接则只能由指定的用户使用。

3. 同义词

在分布式数据库环境中，为了识别一个数据库对象，必须指明对象所在的主机名、服务器名、对象所在的方案名和对象的名称，当以不同的身份使用数据库时，需要用到这些参数中的一个或者多个。为了给不同的用户使用数据库对象时提供一个简单的、唯一标识数据库对象的名称，可以为数据库对象创建同义词。

同义词有两种：公用同义词和私有同义词。公用同义词可以被一个指定的数据库的所有用户使用。而私有同义词只能被数据库中的一个或者几个用户使用。

同义词可以指向的对象有表、视图、过程、函数、包和序列。可以为本地数据库对象创建同义词。在为远程数据库创建了数据库连接之后，还可以为远程数据库创建同义词。

关于这些对象的使用和管理方法，可参考其他资料或者 Oracle 手册。

思考题 6

1. 表中的数据完整性是用什么来实现的？请列举实现各种约束的关键字以及各种约束的功能。

2. 有一个订单表，表结构如下所示：

T_order

列 名	类 型	长度	可空	唯一	默认值	取值范围	主键
订单号	Char	10	否				是
客户编号	Char	10	否				
下单日期	Date		否				
发货日期	Date						
订单额	NUMBER	7					
订单状态	Char	8			未投产	未投产,已投产,已交付	

请用 SQL 语句和 OEM 两种方式完成以下操作：

(1) 创建表 T_order，其中，字段"客户编号"定义为外键，参照表"客户信息"中的"客户编号"，并且指定将其放入 SYSTEM 表空间。

(2) 修改表 T_order 的结构，增加一列"预付款"，类型为 NUMBER(7)。

(3) 为列预付款增加一个默认值约束，设定其默认值为 0。

(4) 将表 T_order 移动到 TBS_sales 表空间。

3. 说明索引的作用。

4. 索引有哪些类型？请说明各种索引的特点。

5. 在表 T_order 的"客户编号"列上创建非唯一索引，指定其排序规则为降序，存放在 TBS_sales 表空间中。

6. 什么是视图？说明使用视图的优点。

7. 在表 T_order 上创建视图 V_order1，显示所有订单额超过 10 万元，并且仍未交付的订单，结果按订单额降序排列。

8. 在表 T_order 上创建视图 V_order2，显示 2010 年订购且已交付的所有订单总额。

PL/SQL 编程

SQL(Structured Query Language,结构化查询语言),是所有的关系数据库系统都支持的一种标准语言。所谓结构化,是指非过程的,即不用告诉数据库服务器如何做,而只需告诉它做什么,数据库服务器就自动把所有 SQL 语句处理成内部过程并执行。PL/SQL 是 Oracle 公司在 SQL 基础上扩展开发的一种数据库编程语言,是一种过程语言。本章将简单介绍 PL/SQL 的基本知识。在 SQL * Plus 环境下可以使用 PL/SQL 来编程。

学习目标

- ✓ 了解 PL/SQL 的基本结构;
- ✓ 掌握 PL/SQL 的数据类型;
- ✓ 掌握 PL/SQL 的基本程序结构和语法规则;
- ✓ 学会使用 PL/SQL 编写过程和函数,并掌握调用执行这些过程和函数的方法;
- ✓ 了解包和触发器的功能和用法;
- ✓ 了解 OEM 中实现过程和函数的方法。

7.1　PL/SQL 基本概念

7.1.1　PL/SQL 基本结构

PL/SQL 在与标准 SQL 语言兼容的同时，还扩充了许多新的功能，从而使得它既具有 SQL 语言的简洁性，又具有过程语言的灵活性，体现了 Oracle 数据库的特点。另外，SQL 是无须编译的，而 PL/SQL 是经过编译以后执行的，所以 PL/SQL 不仅执行速度要快于 SQL 语句，而且还减少了服务器和客户机之间的网络传输，提高了数据库系统的效率。

PL/SQL 是一种结构化的语言，其程序结构的基本单位是"块"（Block）。所有的 PL/SQL 程序都是由块构成的，这些块可以顺序出现，也可以相互嵌套。通常，每个块执行程序的一个单独的功能，块是使用 PL/SQL 编写所有程序的基础。PL/SQL 块的基本结构如下：

```
/*
Declare: 声明段开始,可不要。主要声明变量、常量、用户定义的数据类型和光标等
Begin: 主程序体开始
主程序体,包含各种合法的 PL/SQL 语句
Exception: 异常处理程序,当程序出现错误时执行该部分语句
End: 主程序体结束
*/
```

在 PL/SQL 程序中，双连字符--为注释标记，其后的内容是为阅读程序代码方便而加的注释。注释内容可以单独占一行，或放到程序代码后面；也可以用符号"/ * "和" * /"把注释内容括起来，这时注释的内容可以是多行的；还可以将 rem 放在行首标明该行为注释行。

在上述结构说明中，通过注释说明了各个部分的内容和功能。其中，Declare 表示声明段，用于声明程序中的常量、变量、数组等。如果没有需要声明的内容，这一部分可以省略。Begin 和 End 之间的部分称为执行段或程序体，执行段是任何一个程序必须有的部分，应包括完整、正确的程序语句。在执行段中，Exception 为异常处理部分，包括程序出现异常时执行的语句。对于一些简单的程序这一部分也可以没有。

PL/SQL 的块可以分为以下 4 种类型。

（1）匿名（Anonymous）块：通常是动态生成的，它只能被执行一次。

（2）带名（Named）块：是一种带有标签的匿名块，该标签为此块指定了一个名称。带名块也是动态生成的，只能被执行一次。

（3）子程序（Subprogram）块：是存储在数据库内部的过程、包和函数。通常在生成后，不再被更改并且可以被多次执行。通过显式地调用过程、包或函数，可以执行该子程序。

（4）触发器（Trigger）块：是存储在数据库内部的带名块。通常在生成后，不再被更改并且可以被多次执行。当触发事件出现时，触发器便被显式地执行。

下面是一个完整的 PL/SQL 块示例。

```
declare
    /* 开始声明段,声明程序中使用的变量 */
    varName1 dataType(Len)  := value;        -- 声明变量,并初始化
    varName2 dataType(Len);                  -- 声明变量
begin
    /* 开始可执行段 */
    sql statements                           -- SQL 语句体
    Exception
        /* 开始异常处理段 */
    when condition   Then                    -- 处理错误的条件
        sql statements                       -- 处理错误的 SQL 语句
end;                                         -- 块结束
```

7.1.2　PL/SQL 字符集

在使用 PL/SQL 进行程序设计时,可以使用的有效字符包括以下 3 类。

（1）所有的大写和小写英文字母。

（2）数字 0～9。

（3）符号：（）+ − * / < > = ! ~；：. 、@ % ,"'#＾& _ |{}?[]。

PL/SQL 标识符的最大长度是 30 个字符,并且不区分字母的大小写,但是适当地使用大小写,可以提高程序的可读性。

7.1.3　PL/SQL 的运算符

PL/SQL 的运算符包括算术运算符、关系运算符和逻辑运算符,如表 7-1 所示。

表 7-1　PL/SQL 的运算符

类　别	运　算　符	含　义
算术运算符	＊＊	指数
	＊　／	乘　除
	＋　−　‖	加　减　连接
关系运算符	=	等于
	!= <>	不等于
	> <	大于　小于
	>= <=	大于等于　小于等于
	BETWEEN...END	检索两值之间的内容
	IN	检索匹配列表中的值
	LIKE	检索匹配字符样式的数据
	IS NULL	检索空值
逻辑运算符	NOT	取反
	AND	与
	OR	或

表 7-1 中的算术运算符和逻辑运算符是按优先级由高到低的顺序排列的，在同一级别中则按从左到右的顺序执行。

7.2　常量、变量和数据类型的定义

7.2.1　Oracle 常用数据类型

除了支持 SQL 标准的数据类型外，Oracle 还专门为 PL/SQL 设计了一些特殊的数据类型。其中常用的数据类型有以下几种。

1. 字符类型数据

（1）CHAR（size）

存放固定长度的字符串，size 表示的是字符数据的最大宽度，其宽度为 1～2000 个字节，对应 1～2000 个单字节字符或 1～1000 个双字节字符（如汉字），默认宽度为 1 个字节。在声明 CHAR 字符类型数据时要设定其最大宽度。

（2）NCHAR（size）

基于所使用语种的字符集的字符型数据类型。其他与 CHAR 数据类型相同。

（3）VARCHAR2（size）

表示可变长度字符串，当作为字段类型时，其宽度范围为 1～4000 个字节。VARCHAR2 类型的变量长度最大为 32767 字节，在使用时要声明其最大宽度 size。

（4）VARCHAR（size）

VARCHAR 类型与 VARCHAR2 类型的含义完全相同，在 Oracle 官方文档中建议使用 VARCHAR2 类型。

（5）LONG

用于存储变长字符串，其长度可达 2GB。例如在数据字典中，存放视图定义的正文就使用了 LONG 数据类型。

2. 数值类型数据

数值类型数据（NUMBER（i，d））用来存储整数和浮点数，i 表示总的位数，d 代表小数的位数，d 省略表示小数位为 0。如果实际数据超出设定精度，则显示错误提示。

3. 日期和时间类型数据

日期和时间类型数据（DATE）用 7 个字节分别描述年、月、日、时、分、秒。其日期的默认格式为 DD-MON-YY，分别对应日-月-年，例如 17-JUN-2010。注意，默认格式中月份的表达要用英文单词的缩写格式。日期和时间类型数据的格式也可以设置为中文格式，例如 17-六月-2010。

4. 逻辑型变量

逻辑型（布尔型）变量（BOOLEAN）的值只有两个：true（真）或 false（假）。逻辑类型变量在使用前要先判断状态,然后根据其值是"真"或"假"来决定执行的程序。关系表达式的值就是一个逻辑变量。

5. 二进制数据类型

(1) RAW

二进制数据类型的优点在于:当数据在不同系统之间传输时,可以不做任何转换,方便了系统之间的操作。除此之外,RAW 和 VARCHAR2 类型没什么不同。RAW 类型的最大宽度为 2000B。

(2) LONG RAW

与 RAW 的区别是它的最大宽度为 2GB,可用来存储图像、视频、音频等数据量大的数据,并可方便地在网上传输。

6. 大型对象数据类型

大型对象可以包含没有结构特征的数据,对它的访问将比对 LONG 或 LONG RAW 数据的访问更有效,对它的限制更少。大型对象数据可分为以下几类。

(1) BLOB:二进制大数据集,可存放的数据宽度达 4GB。

(2) CLOB:包含单个字符的大数据集,最大宽度为 4GB。

(3) NCLOB:包含定宽的多位数字字符的大字符集,最大宽度为 4GB。

7.2.2 常量和变量

在 PL/SQL 程序中通常都会用到变量,在程序使用变量前应首先对变量进行初始化。变量的定义可以出现在程序的不同区域中,不同类型的变量其定义方法也有所不同。

在声明区声明一个变量时,可以在声明变量类型的同时给变量赋初始值,其格式为:

```
variable_name variable_type := value;
```

其中,":="为 PL/SQL 的赋值符号,语句后面的";"为语句行的结束符号,不能缺少。

在程序段或异常处理段中也可以定义变量的值。在程序中可使用下面的格式为变量赋值:

```
variable_name := value;
```

1. 常量的定义

基本格式:

```
<常量名> constant <数据类型> := <值>;
```

实例:定义一个整型常量 s_number,其值为 4。

```
s_number constant INTEGER := 4;
```

2. 变量的定义

基本格式:

```
<变量名><数据类型>[(宽度):=<初始值>];
```

实例:定义一个长度为 10B 的变量 s_name,其初始值为 1。

```
s_name VARCHAR2(10):=1;
```

3. 用户定义数据类型

基本格式:

```
type<数据类型名>is<数据类型>
```

实例:

```
type s_record is RECORD
(NO NUMBER(5)NOT NULL:=0,NAME CHAR(10));
```

其中数据类型可以是以下几种。

(1) RECORD:记录类型

(2) TABLE:表类型

(3) %TYPE:单个列数据类型

(4) %ROWTYPE:整个表数据类型

7.3　基本程序结构和语句

和标准的 SQL 语句相同,PL/SQL 的基本逻辑结构包括以下 3 种。

(1) 顺序结构

(2) 条件结构

(3) 循环结构

除了顺序执行的语句外,PL/SQL 主要通过条件和循环语句来控制与改变程序执行的逻辑顺序,从而实现复杂的运算或控制功能。其中,条件逻辑结构又分为 IF 条件判断逻辑结构和 CASE 多项选择逻辑结构两种。此外 PL/SQL 还提供 GOTO 转移语句。

7.3.1　条件判断结构

1. IF 条件判断语句

IF 条件判断逻辑结构有以下 3 种表达方式。

（1）IF…THEN…END IF

功能：若条件为真，则执行 THEN 后面的语句；否则，跳出条件语句执行 END IF 后面的语句。

实例：如果工龄大于 5 年，则工资增加 20％。

```
IF gongling > 5 THEN       -- 判断工龄是否大于 5
gongzi := gongzi * 1.2;    -- 如果大于 5 年，工资增加 20％
END IF;                    -- 退出条件判断结构执行下面的语句，注意不要漏掉分号结束符
```

（2）IF…THEN…ELSE…END IF

功能：如果条件为真，则执行 THEN 后面的语句，否则执行 ELSE 后面的语句。

实例：如果工龄大于 5 年，则工资增加 20％，否则工资增加 10％。

```
IF gongling > 5
THEN
gongzi := gongzi * 1.2;
ELSE
gongzi := gongzi * 1.1;
END IF;
```

（3）IF…THEN…ELSEIF…THEN…ELSE…END IF

功能：如果 IF 后面的条件成立，执行 THEN 后面的语句，否则判断 ELSEIF 后面的条件，条件成立，则执行第二个 THEN 后面的语句，否则执行 ELSE 后面的语句。这是条件语句嵌套。

实例：根据工龄是否大于 10 年、5 年决定增加工资的幅度。

```
IF gongling > 10 THEN
gongzi := gongzi * 1.3;
ELSEIF   gongling > 5 THEN
gongzi := gongzi * 1.2;
ELSE
gongzi := gongzi * 1.1;
ENDIF;
```

2. CASE 语句

CASE 语句是一个多分支选择结构，可以使用简单的结构对数值列表做出选择。更为重要的是，它还可以用来设置变量的值。

CASE 语句的基本格式如下：

```
CASE 变量
WHEN 表达式 1 THEN 值 1
WHEN 表达式 2 THEN 值 2
WHEN 表达式 3 THEN 值 3
WHEN 表达式 4 THEN 值 4
ELSE 值 5
```

功能：首先设定变量的值作为条件，然后顺序检查表达式，一旦从中找到与条件匹配的表达式值，就停止 CASE 语句的处理。

实例：根据城市的名称查找该城市代理商的名称。

```
SQL > SET SERVEROUTPUT ON SIZE 10000;          -- 设置输出内容大小
SQL > RUN
1 DECLARE
2 VAL VARCHAR2(100);
3 city VARCHAR2(20) := '北京';
4 BEGIN
5    val := CASE city
6        WHEN '天津' then '刘辉',
7        WHEN '北京' then '张丽',
8        WHEN '上海' then '杨华',
9    ELSE '没有代理商'
10   END;
11   dbms_output.put_line(val);                -- 输出运行结果
12 * END;
张丽                                            -- 运行结果
```

7.3.2 循环结构

循环结构是一种常用的程序结构，它允许重复执行一组命令，直到循环条件不成立为止。循环的基本结构是 LOOP…END LOOP，但根据需要可以灵活地构造多种循环程序结构。

下面通过对表 t_student 的操作说明如何使用循环结构。该表的结构如下：

```
SQL > DESC t_student;
名称                   是否为空              类型
-----------------    ----------          --------------------
S_NO                 NOT NULL            NUMBER(3)
S_NAME               NOT NULL            VARCHAR2(10)
S_BIRTHDAY           NOT NULL            DATE
S_ADDR               NOT NULL            VARCHAR2(20)
```

1. LOOP…EXIT…END

功能：循环控制语句，LOOP 和 EXIT 之间是循环体，其中经常有控制循环的条件语句嵌套。使用 EXIT 可强制退出循环。

实例：顺序插入 5 条记录。

```
DECLARE
  v_Counter NUMBER := 1;          -- 声明计数器变量
BEGIN
  LOOP
  INSERT INTO t_student
  VALUES(v_Counter, 'AAA', '1990 - 03 - 02', 'abcdefg');
  v_Counter := v_Counter + 1;
  IF v_Counter > 5 THEN          -- 循环结束的判断
      EXIT                        -- 强制退出循环
  ENDIF;
  END LOOP;
END;
```

2. LOOP…EXIT WHEN…END

功能：循环执行 LOOP 和 EXIT 之间的循环体语句直到 WHEN 后面的判断语句为真时退出循环。

实例：功能同上，但控制循环的方法变化了。

```
DECLARE
    v_Counter NUMBER := 5;     -- 设置循环变量初值
BEGIN
  LOOP
  INSERT INTO t_student
  VALUES(v_Counter, 'AAA','1990 - 03 - 01','abcdefg');
  v_Counter := v_Counter + 1; -- 修改循环变量
  EXIT WHEN v_Counter = 10
  END LOOP;
END;
```

3. WHILE…LOOP…END LOOP

功能：当条件成立时执行 LOOP 和 END LOOP 之间循环体的语句，否则退出循环。

实例：向表中插入 10 条记录。

```
DECLARE
    v_Counter NUMBER := 1;      -- 设置循环变量初始值
BEGIN
    WHILE v_Counter <= 10       -- 设置循环条件
    LOOP
    INSERT INO t_student
    VALUES(v_Counter, 'AAA','1990 - 03 - 02','abcdefg');
    v_Counter := v_Counter + 1; -- 修改循环变量
    ENDLOOP;
END;
```

4. FOR…IN…LOOP…END LOOP

功能：FOR 后面是循环变量，IN 后面是循环变量的初值和终值。循环执行 LOOP 和 END LOOP 之间的循环体语句。每循环一次循环变量自动增加一个步长的值，直到循环变量的值超过终值，退出循环，执行后面的语句，这也是一个自动控制循环次数的语句结构。

实例：依次输出 1～5 这 5 个数字。

```
DECLARE
    v_Counter NUMBER;
BEGIN
    FOR v_Counter IN 1..5       -- 设置循环变量及其初值和终值
    LOOP
    dbms_output.putline(v_Counter):
    END LOOP;
END;
```

程序中的变量 v_Counter 是控制循环次数的计数器。计数器的初值为 1，终值为 5，步长为1。子句 IN 用于设定计数器的初值和终值,在计数范围 1 和 5 之间是两个点号(..)。

7.3.3 GOTO 标号

PL/SQL 提供 GOTO 语句,用于实现程序的无条件转向功能。GOTO 语句的格式如下:

```
GOTO <<标签>>;
```

功能:当程序执行到 GOTO 语句时,控制无条件转到由标签标识的语句。

实例:

```
DECLARE
    v Counter NUMBER := 10;              -- 声明计数器变量
BEGIN
    LOOP
    INSERT INTO t_student
    VALUES(v_Counter, 'AAA', '1990 - 03 - 02', 'abcdefg');
    v_Counter := v_Counter + 1;
    IF v_Countet > 15 THEN              -- 循环结束判断
       GOTO EndOfLoop;                  -- 跳转到指定标签
    ENDIF;
    END LOOP;
    << EndOfLoop >>                      -- 标签
    INSERT INTO t_student(s_NO, s_Name)
       VALUES(100, 'EEE');
END;
```

注意 在块、循环和 IF 条件结构中使用 GOTO 语句时不能从外层跳转到内层。

7.4 PL/SQL 中的游标

游标(Cursor)是 Oracle 的一种内存结构,可以用来存放 SQL 语句,也可以用来存放程序运行过程中的结果。它先用 SELECT 语句从基表或视图中选出所要查询的数据,然后将其放入内存中,游标将指向查询结果的首部,PL/SQL 程序使用游标对查询结果进行取值操作,随着游标的移动,也就访问了相应的记录。

游标可分为显式游标和隐式游标两种。两者最大的不同在于显式游标需要用户自己定义,用时要打开,用完要关闭。隐式游标则完全是自动的,无须用户干预。

1. 显式游标

显式游标要在 PL/SQL 的声明段中定义,定义的方法如下:

```
CURSOR <游标名> IS
SELECT <列名列表>
FROM <表名列表>
WHERE <约束条件>
FOR <编辑类型>;
```

在 PL/SQL 的执行部分进行打开和关闭游标的操作。

打开游标就是执行定义的 SELECT 语句,执行完毕将查询结果装入内存,游标停在查询结果的首部。打开游标的方法如下:

```
OPEN <游标名>;
```

打开游标后就可以用 FETCH 命令取值了,取值的方法如下:

```
FETCH <游标名> INTO <变量列表>;
```

其中,变量列表必须与定义游标时的 SELECT 语句后面的列表在个数和数据类型上完全一致,否则将拒绝执行。

FETCH 语句每执行一次,游标向后移动一行,直到结束。

关闭游标即关闭 SELECT 语句操作,释放所占的内存区,关闭游标的方法如下:

```
CLOSE <游标名>;
```

2. 隐式游标

隐式游标无须定义,也不需要打开和关闭。应注意的是每个隐式游标必须要有一个 INTO 子句,因此使用隐式游标的 SELECT 语句必须只选中一行数据或只产生一行数据。在 PL/SQL 程序中应尽可能使用显式游标,以使得过程清晰明了,结构化程度高,尽量避免使用隐式游标。

3. 游标的属性

游标有以下一些属性可以在编程时引用。

(1) %ISOPEN 属性

%ISOPEN 属性表示游标是否处于打开状态。在使用游标前先检查游标的这一属性,看其是否打开,如果没打开,要先打开游标,再进行以下操作。

实例:

```
IF studentGS % ISOPEN THEN
    FETCH studentGS INTO s_no,s_nmm,s_scx;  -- 游标已经打开,可以操作
ELSE
    OPEN studentGS;                          -- 游标没有打开,打开游标
ENDIF;
```

(2) %FOUND 属性

%FOUND 属性表示当前游标是否指向一个有效行。若是,则属性值为 true,否则属性值为 false。检查该属性可以确定是否应结束游标的使用。

实例:在循环结构中用这一属性控制循环的结束。

```
OPEN person;
LOOP
    FETCH person INTO s_no,s_name,s_sex;
    EXIT WHEN NOT person % FOUND;
                        -- 应用 % FOUND 属性作为退出的条件
    ...
END LOOP;
```

(3) %NOTFOUND 属性

%NOTFOUND 属性表示当前游标是否没有指向一个有效行。使用时与前面的 %FOUND 属性的作用类似,但取值相反。

(4) %ROWCOUNT 属性

%ROWCOUNT 属性记录了游标抽取过的记录行数,也可以理解为游标当前所在的行号。这个属性在循环判断中也很有用,因而不必抽取所有记录行就可以中断游标操作。

实例:应用该属性确定抽取 10 条记录,然后控制循环的结束。

```
LOOP
    FETCH person into person_no,person_name,person_sex;
    EXIT WHEN person % ROWCOUNT = 10;          -- 只抽取 10 条记录
    ...
END LOOP;
```

4. 带参数的游标

定义游标时,可以带有参数,根据参数的不同所选取的数据行也不同,从而达到动态使用的目的。下面给出一个比较完整的实例,说明游标的使用方法。

实例:带参数游标的声明、打开和关闭。

```
DECLARE
    CURSOR person(Cursor_no number)Is  -- 定义一个带参数的游标
    SELECT s_no,s_name
    FROM t_student
    WHERE s_no = Cursor_no;
BEGIN
    OPEN person(my_no);                -- 使用前先打开游标
    LOOP
    FETCH person INTO person_no,person_name;
    EXIT WHEN person % NOTFOUND;
    END LOOP;
    CLOSE person;                      -- 使用后关闭游标
END;
```

7.5 Oracle 系统函数

Oracle 提供了许多功能强大的函数,编程中常用的有以下几类。

1. 常用的数学函数

常用的数学函数如表 7-2 所示。

表 7-2 常用的数学函数

函 数 名	说 明
ABS(value)	返回 value 的绝对值
CEIL(value)	返回大于等于 value 的最接近的整数
COS(value)	返回参数的余弦值
FLOOR(value)	返回小于等于 value 的最大整数
MOD(value,divisor)	返回 value 除以 divisor 的余数。如果 divisor 等于 0,则返回 value
POWER(value,exponent)	返回 value 的 exponent 次幂
ROUND(value,precision)	近似到小数点右侧的 precision 位
SIGN(value)	返回一个数值,指出 value 的正负。如果 value>0,则返回 1;如果 value<0,则返回 -1;如果 value=0,则返回 0
SQRT(value)	返回 value 的平方根
TRUNC(value,precision)	返回舍入到指定的 precision 位的 value 值。如果 precision 为正,就截取到小数右侧的该数值处;如果 precision 为负,就截取到小数左侧的该数值处;如果没有指定 precision,则默认为 0,截取到小数点位置

2. 字符串函数

字符串函数如表 7-3 所示。

表 7-3 字符串函数

函 数 名	说 明
LENTH(value)	返回 value 的长度,value 可以是字符串、数字或者表达式
LOWER(string)	把给定字符串中的字符变成小写
UPPER(string)	把给定字符串中的字符变成大写
LPAD(string, length [,padding])	在 string 左侧填充 padding 指定的字符串直到达到 length 指定的长度,若未指定 padding 则默认为空格
RPAD(string, length[,padding])	在 string 右侧填充 padding 指定的字符串直到达到 length 指定的长度,若未指定 padding 则默认为空格
LTRIM(string [,trimming_value])	从字符串 string 左侧删除 trimming_value 中出现的任何字符,直到出现 trimming_value 中没有的字符为止
RTRIM(string[,trimming_value])	从字符串 string 右侧删除 trimming_value 中出现的任何字符,直到出现 trimming_value 中没有的字符为止
string ‖ string	合并两个字符串
INITCAP(string)	将每个字符串的首字母大写
INSTR(string,str[,start[,occurrence]])	从字符串 string 中查找字符 str,查找从 start 位置开始返回字符所在位置 occurrence
REPLACE(string, if, then)	在字符串 string 中查找字符串 if 并且用字符串 then 替换
SOUNDEX(string)	查找与 string 发音相似并且首字母相同的单词
SUBS(string, start[,count])	从 string 中删除从 start 位置开始的 count 个字符。若未指定 count,则删除从 start 开始的所有字符

3. 日期函数

日期函数如表 7-4 所示。

表 7-4　日期函数

函　数　名	说　　明
ADD_MONTHS(date，number)	在日期 date 的基础上增加 number 个月份，返回结果日期
LAST_DAY(date)	返回指定日期所在月份的最后一天
MONTHS_BETWEEN(date1，date2)	返回 date1 减去 date2 得到的月数
NEW_TIME(current_date，current_zone，future_zone)	根据 current_date 和 current_zone，返回在 future_zone 中的日期，其中 current_zone 和 future_zone 参数应使用代表时区的三字母缩写
NEXT_DAY(date，'day')	返回 date 之后的 day 所在的日期，其中 day 是星期名称
ROUND(date，'format')	将日期 date 四舍五入到指定的 format 格式
TO_CHAR(date，'format')	将日期 date 转换成 format 格式的字符型数据
TO_DATE(string，'format')	将字符串 string 转换成日期型数据
TRUNE(date，'format')	将任何日期的时间都设置为 00：00：00

4. 统计函数

统计函数如表 7-5 所示。

表 7-5　统计函数

函　数　名	说　　明
AVG([distinct] column_name)	求 column_name 中所有值的平均值，若使用 distinct 选项，则不重复统计重复值
COUNT([distinct] value)	统计选择行的数目，并忽略空值。若使用 distinct 选项，则不重复统计重复值，value 可以是字段名或者表达式
MAX(value)	从选定的 value 中选取数值/字符的最大值，忽略空值
MIN(value)	从选定的 value 中选取数值/字符的最小值，忽略空值
STDDEV(value)	返回所选择的 value 的标准差
SUM(value)	返回 value 的和
VARIANCE([distinct] value)	选择所选行的所有数值的方差，忽略空值

7.6　过程

在本章 7.1 节曾提到 PL/SQL 程序块中有一类是在数据库内部创建并存储编译过的子程序块，这样的程序块可以在不同的用户和应用之间共享，并可实现程序的优化和重用，这样的程序块也称为存储程序，在 PL/SQL 中有 3 类这样的存储程序：过程、函数和包。

7.6.1　创建过程

过程也称为子程序，创建后可重用和共享。

1. 命令格式

```
CREATE [OR REPLACE] PROCEDURE <过程名>
(<参数 1>,[方式 1]<数据类型 1>,
<参数 2>,[方式 2]<数据类型 2>,
…)
IS| AS    --使用 IS 或 AS 完全等价
BEGIN
    PL/SQL 过程体
END <过程名>
```

说明：

（1）关键字 REPLACE 表示在创建过程中，如果已经存在同名的过程，则重新创建。如果没有此关键字，则需将已有的同名过程删除后才能创建。在创建其他对象时也可使用此关键字。

（2）过程参数有以下 3 种类型。

① in 参数类型：表示输入给过程的参数。

② out 参数类型：表示参数在过程中将被赋值，可以传给过程体的外部。

③ in out 参数类型：表示该类参数既可以向过程体传值，也可以在过程体中赋值，以便向过程体外传值。

2. 实例

建立一个统计人数的过程。

```
CREATE PROCEDURE count_num          -- 定义过程 count_num
(in_sex IN 学生.性别 %type,          -- 输入参数
out_num OUT NUMBER)                 -- 输出参数
AS
BEGIN
    IF in_sex = '男'   THEN
        SELECT count(性别) INTO out_num
        FROM 学生
        WHERE 性别 = '男';
    ELSE
        SELECT count(性别) INTO out_num
        FROM 学生
        WHERE 性别 = '女';
    ENDIF;
END count_num;                       -- 过程体结束
```

7.6.2 调用过程

过程被创建之后，就可以调用执行了。过程可以通过 EXECUTE 命令直接调用，也可以在 PL/SQL 程序块中调用执行。直接调用过程的方法如下：

```
SQL > execute count_num('男', man_num);
                        -- 其中"男"及 man_num 为实际参数
```

过程也可以被另外的 PL/SQL 块调用,调用方法如下:

```
DECLARE
    man_num number(3);
BEGIN
    Count('男',man_num)
END;
```

在调用前要声明变量 man_num。

7.6.3　释放过程

当某个过程不再需要时,应将其从内存中删除,以释放它占用的内存资源,释放过程的命令如下:

```
SQL > drop procedure count_num
```

7.6.4　操作过程的权限

需要注意的是,过程的创建、调用执行和释放删除,都要求用户必须拥有相应的对象操作权限。涉及的权限包括以下几种。

(1) create procedure 或 create any procedure 系统权限。

(2) execute procedure 系统权限。

(3) drop procedure 或 drop any procedure 系统权限。

实际上,任何对象的操作都有相应的权限要求。权限是伴随所有 Oracle 应用的重要概念,也是 Oracle 安全应用的有力保证之一。在使用时务必要注意。

7.7　函数

函数和过程十分相似:有相似的结构;都可以接受参数;都可以被存储在数据库中或在块中声明等。但是,过程调用本身就是一个 PL/SQL 语句,而函数调用则是表达式的一部分。

7.7.1　创建函数

1. 命令格式

```
CREATE[ OR REPLACE] FUNCTION <函数名>
(<参数 1>,[方式 1]<参数类型 1,
<参数 2>,[方式 2]<参数类型 2>
```

```
…)
RETURN <数据类型>
IS | AS
BEGIN
    PL/SQL 程序体      -- 其中必须有一个 RETURN 子句
END <函数名>;
```

2. 实例

创建一个统计数据表中不同性别人数的函数。

```
CREATB OR REPLACE FUNCTION count      -- 定义函数 count
(in_sex IN 学生.性别 %type)           -- 定义输入参数
RETURN number                         -- 返回值类型
IS
out_num number;                       -- 指定返回变量
BEGIN
  IF in_sex = '男'   THEN
      SELECT count(性别) INTO out_num
      FROM 学生
      WHERE 性别 = '男';
  ELSE
      SELECT count(性别) INTO out_num
      FROM 学生
      WHERE 性别 = '女';
  END IF;
  RETURN(out_num);                    -- 返回变量的值
END count;                            -- 函数结束
```

7.7.2　调用函数

无论在命令行还是在程序语句中,函数都可以通过函数名称直接在表达式中调用,例如:

```
SQL > EXECUTE man_num := count('女')
```

7.7.3　释放函数

当函数不再使用时,要用 DROP 命令将其从内存中删除。

```
SQL > DROP FUNCTION count
```

7.8　包

包是可以将一系列相关对象存储在一起的 PL/SQL 结构。其中包含了两个独立的部件:描述部分(规范、包头)和包体(主体)。每个部件都被独立地存储在数据字典中。

包与过程和函数的一个明显的区别是,包仅能存储在非本地的数据库中。使用包体现了模块化编程的优点,使得应用系统的开发更灵活、质量更高、效率更好。

包的创建分为包头的创建和包体的创建两部分。

1. 命令格式

(1) 包描述部分

```
CREATE PACKAGE <包名>
IS
    变量、常量及数据类型定义;
    游标定义;
    函数、过程定义和参数列表及返回类型:
END <包名>:
```

(2) 包体部分

```
CREATE PACKAGE BODY <包名>
AS
    游标、函数、过程的具体定义;
END <包名>;
```

2. 实例

应用前面讲过的统计不同性别学生人数的过程和函数创建包 znz_package。

(1) 描述部分

```
CREATE PACKAGE znz_package       -- 创建包头
IS
    man_num NUMBER;              -- 定义变量
    woman_num NUMBER;
    CURSOR 学生;                 -- 定义游标
    CREATE FUNCTION f_count       -- 定义函数
       (in_sex IN 学生.性别 %TYPE)
       RETURN NUMBER;            -- 定义返回值类型
    CREATE PROCEDURE p_count      -- 定义过程
       (in_sex IN 学生.性别 %TYPE,
        out_num OUT NUMBER);
END znz_package;                 -- 包头结束
```

(2) 包体部分

```
CREATE PACKAGE BODY znz_package       -- 创建包体
AS
    CURSOR 学生 IS                    -- 游标具体定义
       SELECT 学号,姓名
       FROM 学生
       WHERE 学号<50;
    FUNCTION f_count                  -- 函数具体定义
    (in_sex IN 学生.性别 %TYPE)
    RETURN NUMBER                     -- 定义返回值类型
       IS
```

```
        out_num NUMBER;
        BEGIN                            -- 函数体
            IF in_sex = '男' THEN
                SELECT count(性别) INTO out_num
                FROM 学生
                WHERE 性别 = '男';
             ELSE
                SELECT count(性别) INTO out_num
                FROM 学生
                WHERE 性别 = '女';
            ENDIF;
            RETURN (out_num);            -- 返回函数值
        END f_count;                     -- 函数定义结束
        PROCEDURE p_count                -- 过程具体定义
        (in_sex IN 学生.性别 %TYPE,
        out_num OUT NUMBER)
        AS
        BEGIN                            -- 过程体
            IF in_sex = '男'  THEN
                SELECT count(性别) INTO out_num
                FROM  学生
                WHERE 性别 = '男';
             ELSE
                SELECT count(性别) INTO out_num
                FROM  学生
                WHERE 性别 = '女':
            ENDIF;
        END P_count;                     -- 过程定义结束
END znz_package                          -- 包体定义结束
```

7.9　触发器

　　触发器也是存储在数据库内部的带名块。在生成后,这些块通常不再被更改,它们可以被多次执行。其功能是,当某种触发事件出现时,触发器便被触发。

　　定义触发器使用 CREATE TRIGGER 命令。

1. 命令格式

```
CREATE OR REPLACE TRIGGER <触发器名>
    触发条件
BEGIN
    触发体
END <触发器名>;
```

2. 触发条件

触发条件表示发生什么情况时触发器执行。触发条件一般由以下 3 部分组成。

（1）触发时间

BEFORE：在操作发生之前触发。

AFTER：在操作发生之后触发。

（2）触发事件

INSERT：插入触发。

UPDATE：更新触发。

DELETE：删除触发。

（3）触发类型

ROW：行触发，对每一行操作都要触发。

STATEMENT：语句触发，只对该类操作触发一次。

一般在进行 SQL 语句操作时，都应该使用行触发，只有在对表进行安全检查时才用语句触发。

3. 实例

利用触发器在数据库表"学生"中执行插入、更新和删除 3 种操作后给出相应提示。

```
CREATE TRIGGER znz_trigger              -- 创建触发器
AFTER INSERT OR UPDATE OR DELETE ON 学生
                                        -- 3 个操作中的任何一个操作都触发
FOR EACH ROW;                           -- 执行行触发方式
DECLARE                                 -- 声明变量
    infor char(10);
BEGIN
    IF inserting THEN                   -- 执行插入操作则为 infor 赋值"插入"
        infor := '插入';
    ELSE IF updating THEN               -- 执行更新操作则为 infor 赋值"更新"
        infor := '更新';
    ELSE                                -- 执行删除操作则为 infor 赋值"删除"
        infor := '删除';
    ENDIF;
    INSERT INTO SQL_INFO VALUES(infor);
END znz_trigger;                        -- 触发器定义结束
```

7.10　OEM 中的 PL/SQL 编程

PL/SQL 程序的编写管理内容显示在 OEM 中的"方案"页面中，如图 7-1 所示，其中包括函数、过程、程序包和程序包体、触发器等。

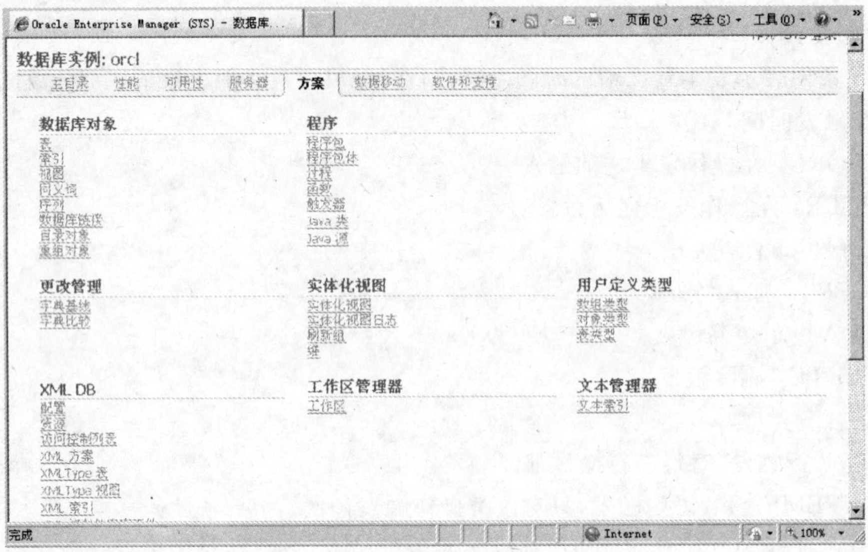

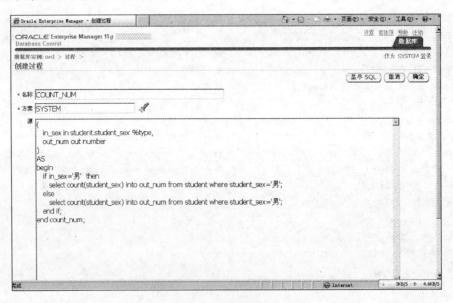

图 7-1　方案：程序页面

　　在 OEM 中对本章讲述的各种 PL/SQL 程序的创建和管理方式相似，所以这里只列出过程的创建页面，如图 7-2 所示。

图 7-2　创建过程

　　不论是函数、过程还是程序包，都只有一个选项页面，其中包括程序名称、所属方案以及程序内容。创建过程就是指出过程的名称、方案以及过程体，单击"确定"按钮之后就可以创建过程了。

　　创建触发器的页面稍有不同，包括"一般信息"、"事件"和"高级"3 个选项页，分别如图 7-3～图 7-5 所示。

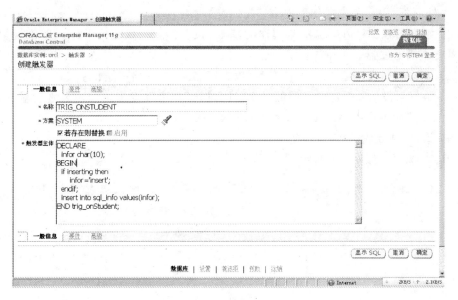

图 7-3 创建触发器：一般信息

在"一般信息"页面需要用户输入触发器的基本定义，包括如下方面的信息。

（1）名称：新建触发器的名称。

（2）方案：触发器所属的方案。

（3）若存在则替换：如果已经存在同名的触发器，则替换它。相当于 CREATE TRIGGER 命令的 REPLACE 选项。

（4）触发器主体：定义触发器的 SQL 程序。

在"事件"选项页需要定义触发触发器工作的事件，如图 7-4 所示。

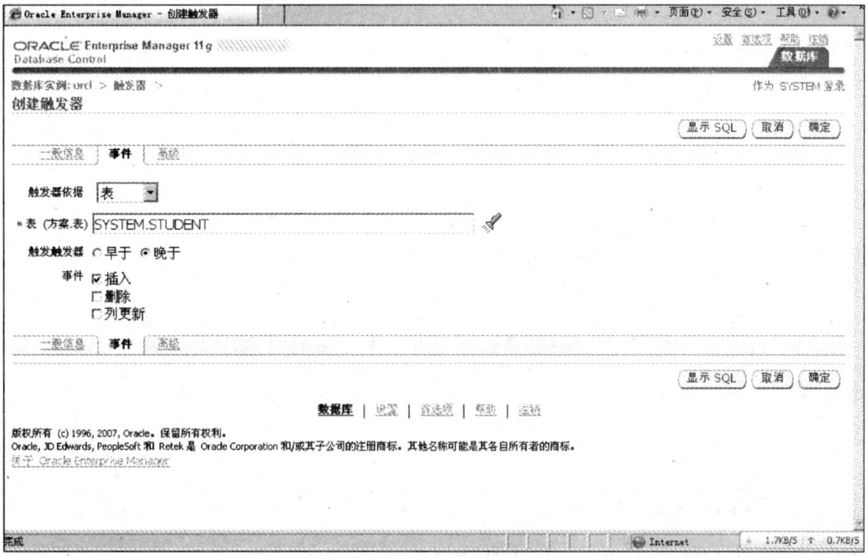

图 7-4 创建触发器：事件

"事件"页面中需要设置如下内容。

（1）触发器依据：选择触发器创建的基础，如表、方案、数据库等。一般来说常用的触发器是表级触发器。本例选择表。

（2）表（方案.表）：指出基表的名称，以方案名.表名的格式给出。

（3）触发触发器：指定触发器的触发时间，选择在事件发生之前或者之后触发，相当于创建触发器命令中的 AFTER 或者 BEFORE 选项。

（4）事件：指定触发触发器的事件。

"高级"选项页如图 7-5 所示。

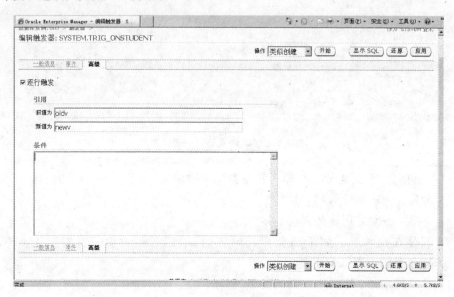

图 7-5　创建触发器：高级

在"高级"页面中需要设置如下内容。

（1）逐行触发：打开/禁用逐行触发。

（2）引用：在行触发器的 PL/SQL 块和 WHEN 子句中使用关联名称来明确引用当前行的旧值和新值。

（3）条件：启动行触发器之前要满足的条件。

"高级"选项页只适用于表触发器或者视图触发器。

思考题 7

1. 说明 PL/SQL 块的基本结构。

2. PL/SQL 块有哪些类型？各有何特点？

3. 说明 PL/SQL 的 3 种基本逻辑结构（关键字和语法）。

4. 什么是游标？请说明游标的作用以及显式游标的使用方法。

5. 说明 PL/SQL 过程定义的语法格式，解释 3 种参数的含义。

6. 过程和函数有何区别？

7. 说明包的作用。

8. 什么是触发器？与过程相比有何特点？

9. 说明触发器定义的语法格式。

10. 在表 T_order 上创建触发器，当插入或者修改数据时，如果"发货日期"不为空，并且"下单日期"晚于"发货日期"时，显示提示信息，并且不执行此次数据更新。

11. 在表 T_order 上创建触发器，当插入或者修改数据时，如果订单的"预付款"大于等于"订单额"的 50% 时，那么同时在"客户信息"表中将该客户的"信誉值"增加 1。

第 8 章

备份和恢复

　　数据库在使用过程中会遭到各种破坏，比如机器硬件故障、数据库误操作等。建立一套完整的数据库备份与恢复机制是保障数据库安全的一个重要方面。本章将介绍 Oracle 11g 数据库备份和恢复的概念、原理以及各种备份和恢复的方法。

学习目标

　　✓ 了解数据库备份和恢复的作用；
　　✓ 理解数据库备份和恢复的原理和方式；
　　✓ 掌握数据库备份和恢复机制的实现方法。

8.1 备份和恢复概述

备份和恢复功能是数据库高可用性的保障。本节将首先介绍 Oracle 11g 备份和恢复的基本概念。

8.1.1 备份和恢复的概念

1. 备份

所谓备份,就是把数据库复制到转储设备的过程。转储设备是指用于存放数据库复制信息的磁盘或者其他存储设备。通常也将存放于转储设备中的数据库复件称为数据库的备份或转储。

2. 恢复

所谓恢复,就是将数据库由故障状态转变为无故障状态的过程。根据出现故障的原因,可以将恢复分为两类:

(1) 实例恢复:Oracle 实例出现故障后 Oracle 自动进行的恢复。

(2) 介质恢复:当存放数据库的介质出现故障时进行的恢复。

装载(Restore)是指当数据文件或者控制文件出现损坏时,用已备份的副本文件还原原数据库的过程。

恢复(Recover)是指利用归档日志和重做日志修改复制到数据库的数据文件,从而恢复数据库的过程。

8.1.2 备份和恢复的分类

对备份和恢复的分类可以从多个角度进行,对于备份,其分类主要涉及以下几方面。

(1) 物理备份与逻辑备份

从物理或逻辑角度,数据库备份分为物理备份和逻辑备份两种。

① 物理备份:将实际组成数据库的操作系统文件从一个位置复制到另一个位置的过程,通常是从磁盘备份到磁盘或磁带。这种备份可以使用 Oracle 的恢复管理器(Recovery Manager,RMAN)或者操作系统命令完成。

② 逻辑备份:与物理备份不同,逻辑备份的对象是数据库内的数据,这可以通过 EXP、数据泵 expdp、闪回技术等实现。

(2) 全部备份与部分备份

根据数据库的备份策略不同,可分为全部数据库备份和部分数据库备份两种。

① 全部数据库备份:备份所有的数据文件和至少一个控制文件。但是不备份联机

重做日志文件,因为还原重做日志文件会导致数据在介质恢复期间丢失。

②　部分数据库备份:对零个或者多个表空间,零个或者多个数据文件、归档日志和控制文件进行的备份。

(3) 全集备份与增量备份

从备份类型角度,可分为全集备份和增量备份两种。

①　全集备份:指在备份数据文件时将备份数据文件的所有数据块。全集备份可能发生在数据库的全部备份或者部分备份过程中,也就是说,全集备份是针对数据文件而言的。只要备份中涉及数据文件,就备份数据文件包含的全部数据。

②　增量备份:创建自上一次备份以后数据文件中发生了变化的数据。

(4) 脱机备份与联机备份

根据实施备份时数据库的状态不同,可分为脱机备份和联机备份两种。

①　脱机备份:也称为一致备份,或者冷备份,即在数据库关闭的状态下进行的备份。之所以称为一致备份,是因为控制文件中的系统改变号 SCN 与每个数据文件中的 SCN 是匹配的。在数据库出现故障之后使用脱机备份不需要进行其他恢复操作,但是因为要关闭数据库,所以在恢复期间降低了数据库的可用性。

②　联机备份:也称为不一致备份,或者热备份。如果数据库服务器必须保持打开状态,不能关闭,只能进行联机备份。由于数据库在工作期间,数据是不断变化的,所以数据库的可读写数据文件和控制文件的 SCN 不一致,所以这种备份又称为不一致备份。在 SCN 不一致的情况下,数据库必须通过重做日志使得 SCN 一致才能够启动,所以如果进行联机备份,数据库必须设为归档状态,并对重做日志归档。

数据库的恢复类型可以从两个角度进行划分。从数据库故障类型来划分,数据库恢复分为实例恢复和介质恢复两种。根据数据库运行的归档方式和备份方式不同,可以分为完全恢复和不完全恢复两种。

(1) 实例恢复和介质恢复

①　实例恢复:在数据库实例的运行期间,当发生意外掉电、后台进程故障或者人为中止(使用了 SHUTDOWN ABORT 指令)时出现实例故障,此时需要进行实例恢复。

②　介质恢复:当在联机备份时发现实例故障时导致数据文件遭到破坏时,则需要进行介质恢复。

如果出现实例故障,由于 Oracle 实例不能正常关闭,如果在实例发生故障时,服务器正在管理对数据库信息进行处理的事务,在这种情况下,数据库来不及执行一个数据库检查点,以保存内存缓冲区中的数据到数据文件中,这会造成数据文件中数据的不一致性。进行实例恢复的目的就是将数据库恢复到故障之前的事务一致状态。实例恢复只需要联机日志文件,不需要归档日志文件。实例恢复的最大特点是在下一次数据库启动时,Oracle 自动地执行实例恢复。如果需要从装配状态变为打开状态,系统会自动地启动实例恢复功能。实例恢复通过下列操作步骤完成。

①　为了恢复数据文件中没有记录的数据进行前滚。该数据记录在在线日志中,包括对回退段的内容恢复。

②　回退未提交的事务,按步骤①重新生成回退段所指定的操作。

③ 释放在发生故障时正在处理的事务所持有的资源。

④ 解决在发生故障时正提交的任何挂起的分布式事务。

介质故障是当一个文件或者文件的一部分,或者磁盘不能读取或不能写入时出现的故障。这种状态下的数据库都是不一致的,需要 DBA 手动进行数据库的恢复。这种恢复有两种形式:完全介质恢复和不完全介质恢复,这取决于数据库运行的归档方式和备份方式。

(2) 完全恢复和不完全恢复

① 完全恢复:将数据库恢复到数据库失败时的状态。这种恢复是通过装载数据库备份和应用全部重做日志实现的。

② 不完全恢复:将数据库恢复到数据库失败前的某一时刻的状态。这种恢复通过装载数据库备份和应用部分重做日志实现。进行不完全恢复后必须在启动数据库时使用 RESETLOGS 选项重设联机重做日志。

进行完全介质恢复可以恢复全部丢失的数据,使数据库恢复到最新的状态,但是前提是必须保证有连续的归档日志记录可以使用。实施完全数据库恢复时,根据数据库文件的破坏情况,可以使用不同的方法。例如,当数据文件被物理破坏,数据库不能正常启动时,可以对全部或单个被破坏的数据文件进行完全介质恢复。

8.2　用户管理的备份

用户管理的备份是指不使用 RMAN 工具,而是使用操作系统命令,或者使用 SQL 语句来进行的数据库备份操作。用户管理的备份既可以是物理备份,也可以是逻辑备份。表 8-1 中列出了不同类型的文件使用的备份命令。

表 8-1　不同类型的文件使用的备份命令

文件类型	备份命令类型	备份命令
数据文件	操作系统命令	COPY oldfile newfile
日志文件	操作系统命令	COPY oldfile newfile
控制文件	SQL 命令	ALTER DATABASE BACKUP CONTROLFILE TO filename
初始化参数文件	SQL 命令	CREATE PFILE SIDinit. ora FROM SPFILE
数据库逻辑对象	Export 工具	EXPORT system/password

用户管理的备份可以是完全备份,也可以是不完全备份,下面分别介绍完全数据库脱机备份、部分数据库联机备份和部分数据库脱机备份。

8.2.1　完全数据库脱机备份

完全数据库脱机备份是在数据库关闭的状态下,使用操作系统命令对构成数据库的全部数据文件、联机日志文件和控制文件进行的备份。

可以按如下的步骤对数据库进行完全脱机备份。

1. 获取要备份的最新文件列表

对于这种备份方法,必须完整备份数据库的 3 类文件,不得遗漏任何一个,可以查询数据字典视图 DBA_DATA_FILE 确认所有数据文件的位置,查询视图 V＄LOGFILE 确认日志文件,查询视图 V＄CONTROLFILE 确认控制文件。

实例 1:查询数据文件。

```
SQL > col name format a40
SQL > select file＃, status, enabled, name from V＄DATAFILE;
    FILE＃    STATUS    ENABlED        NAME
    ---     -----    --------    ----------------------------------------
1     SYSTEM    READ WRITE    E:\ORACLE\ORADATA\ORCL\SYSTEM01.DBF
2     ONLINE    READ WRITE    E:\ORACLE\ORADATA\ORCL\SYSAUX01.DBF
3     ONLINE    READ WRITE    E:\ORACLE\ORADATA\ORCL\UNDOTBS01.DBF
4     ONLINE    READ WRITE    E:\ORACLE\ORADATA\ORCL\USERS01.DBF
5     ONLINE    READ WRITE    E:\ORACLE\ORADATA\ORCL\EXAMPLE01.DBF
6     ONLINE    READ WRITE    E:\ORACLE\ORADATA\ORCL\MYTB01.DBF
```

实例 2:查询控制文件。

```
SQL > col name format a40
SQL > select status, name from V＄CONTROLFILE;
STATUS        NAME
-------        ------------------------------------------------
              E:\ORACLE\ORADATA\ORCL\CONTROL01.CTL
              E:\ORACLE\ORADATA\ORCL\CONTROL02.CTL
              E:\ORACLE\ORADATA\ORCL\CONTROL03.CTL
```

实例 3:查询日志文件。

```
SQL > col member format a40
.SQL > select group＃, member from V＄LOGFILE;
GROUP＃        MEMBER
---          ------------------------------------------------
3            E:\ORACLE\ORADATA\ORCL\REDO03.LOG
2            E:\ORACLE\ORADATA\ORCL\REDO02.LOG
1            E:\ORACLE\ORADATA\ORCL\REDO01.LOG
1            D:\DATAORCL\REDO01B.LOG
2            D:\DATAORCL\REDO02B.LOG
3            D:\DATAORCL\REDO03B.LOG
```

2. 关闭数据库

为了确保数据库被安全地关闭,需要使用 SHUTDOWN 命令的 NORMAL、IMMEDIATE 或者 TRANSACTIONAL 选项。这 3 种命令格式如下:

```
SQL > SHUTDOWN NORMAL;
SQL > SHUTDOWN IMMEDIATE;
SQL > SHUTDOWN TRANSACTIONAL;
```

3. 复制文件

可以使用操作系统命令复制所有的数据文件、控制文件、日志文件及参数文件。

4. 重新启动数据库

```
SQL > STARTUP;
```

采用完全数据库脱机备份方式具有如下优点：

(1) 操作比较简便。

(2) 不容易产生错误。

存在的缺点如下：

(1) 在备份期间数据库必须处于关闭状态。

(2) 数据库关闭的时间取决于数据库大小。当数据库比较大时，需要较长的备份时间。

(3) 利用该备份只能将数据库恢复到备份时刻的状态，备份时刻后所有的事务操作都将丢失。

8.2.2　部分数据库联机备份

部分数据库联机备份由于数据库文件之间存在不同步，在将备份文件复制回数据库时需要实施数据库恢复，所以这种方法只能在归档模式下使用，在复制回备份文件后，必须使用归档日志进行数据库恢复。在进行部分数据库联机备份时，可以对指定表空间的所有数据文件进行备份，或者对表空间中的某一个数据文件进行备份。

部分数据库联机备份可以按照如下步骤进行。

1. 确认数据库运行在归档模式下

通过查看归档日志信息来确定数据库是否运行在归档模式，方法如下：

```
SQL > ARCHIVE LOG LIST;
数据库日志模式        存档模式
自动存档              启用
存档终点              F:\dataorcl\archive
最早的联机日志序列      13
下一个存档日志序列      15
当前日志序列          15
```

以上信息表明数据库已经处于归档模式。

2. 设置要备份的表空间状态

使用 ALTER TABLESPACE BEGIN BACKUP 语句将表空间设置为联机备份状态，命令如下：

```
SQL > ALTER TABLESPACE mytb1 BEGIN BACKUP;
```

设置完成后，表空间 mytb1 数据文件的检查点号将停止修改，并对数据文件做联机备份标记。此时表空间 mytb1 数据文件的检查点号与其他数据文件是不同的，如果试图关闭数据库，将显示错误信息，提示用户数据文件已经设置了联机备份。

可以通过查询动态性能视图 V＄BACKUP 查看所有数据文件的状态。

```
SQL>SELECT file#, status, change# time FROM V$BACKUP;
FILE#    STATUS          CHANGE#       TIME
-----    --------        ------        ----------
    1    NOT ACTIVE      0
    2    NOT ACTIVE      0
    3    ACTIVE          1000322       21-5月-10
```

3. 备份表空间的数据文件

复制表空间中的数据文件到另外一个路径下。

4. 结束表空间备份状态

```
SQL>ALTER TABLESPACE mytb1 END BACKUP;
```

备份状态结束后,再一次产生检查点,使得所有数据文件同步,数据库恢复到正常工作状态。

8.2.3 部分数据库脱机备份

部分数据库脱机备份是指将部分表空间脱机后进行备份。在备份期间数据库中的其他表空间或数据文件仍然可以被用户使用。在对脱机表空间进行备份之前,首先需要考虑如下两点。

(1) 不能将 SYSTEM 表空间或者任何包含有活动的回滚段的表空间置为脱机状态。

(2) 如果存在模式对象的跨表空间存储情况,通常是一个表的数据同该表的索引不在同一个表空间中,此时应将该对象涉及的所有表空间设置为脱机状态,以免发生访问错误。

部分数据库脱机备份按如下步骤进行。

1. 查看表空间的数据文件

在对表空间进行备份前,首先查询数据字典视图 DBA_DATA_FILES,查看表空间的所有数据文件,以便确定将要复制哪些文件。例如,当需要对 USERS 表空间进行备份时,可以首先执行如下查询:

```
SQL>select file_name
from dba_data_files
where tablespace_name = 'USERS';
FILE_NAME
----------------------------
E:\ORACLE\ORADATA\ORCL\USERS01.DBF
```

2. 设置表空间为脱机状态

要进行脱机备份必须将表空间设置为脱机状态,处于脱机状态下的表空间不能使用,表空间中的数据文件检查点号也将停止。

```
SQL>ALTER TABLESPACE USERS OFFLINE;
```

3. 备份表空间的数据文件

可以通过操作系统命令将该表空间中的数据文件复制到另外的磁盘上。

4. 设置表空间为联机状态

```
SQL > ALTER TABLESPACE users ONLINE;
```

将表空间设置为正常状态之后,系统将自动维护数据文件之间的同步。

8.3　用户管理的恢复

按照数据库恢复后的运行状态不同,Oracle 数据库的恢复可以分为完全数据库恢复和不完全数据库恢复两种。完全数据库恢复可以使数据库恢复到出现故障的时刻,即当前状态;不完全数据库恢复将使数据库恢复到出现故障的前一时刻,即过去某一时刻的数据库同步状态。

如果数据库运行在非归档模式(NOARCHIVELOG)下,恢复过程相对简单。因为不必考虑任何归档日志文件,只需要使用最后一个有效的数据库备份进行恢复,但是存在数据丢失问题。

恢复非归档模式数据库时,必须恢复所有备份的数据库文件,即使只有一个数据文件不可用。如果恢复过程没有包括某一个备份的数据文件,那么数据库就会处于一种不一致状态,就会产生一个错误,所以在非归档模式下进行数据库恢复必须在脱机状态下用所有的备份文件覆盖数据库,这就使得自上一次完全备份之后的所有数据丢失。

对归档模式的数据库进行恢复比对非归档模式的数据库进行恢复要复杂一些,但总体过程是相同的。二者之间的主要区别是需要将归档日志文件的内容写入恢复的数据文件中,以便通过在创建备份之后进行的操作来更新数据文件。在应用日志文件之后,介质恢复过程会使用正确的 SCN 号更新恢复的数据文件,这样数据库就处于一致状态。如前所述,这是在非归档模式下的数据库所无法做到的。

当数据文件出现介质损坏时,在执行 SQL 命令恢复数据库之前,必须通过操作系统命令修复数据文件。如果数据文件被误删除,那么只需将备份文件放回原位置即可。如果数据文件所在磁盘出现损坏,那么需要将数据文件复制到其他磁盘,并且还需要修改控制文件,定位该数据文件。当数据库处于 MOUNT 状态时,DBA 可以改变任何数据文件的位置;如果数据库处于 OPEN 状态,DBA 可以改变除 SYSTEM 表空间之外的所有表空间的数据文件的位置。

在归档模式下数据库恢复可以按照如下步骤进行。

1. 修复数据文件

用 ALTER DATABASE 命令将损坏的数据文件移动到其他位置,然后通过操作系统命令将备份过的数据文件放到目标位置上。ALTER DATABASE 命令如下:

```
SQL > CONNECT SYSTEM/PASSWORD AS SYSDBA
SQL > ALTER DATABASE
RENAME FILE 'E:\ORACLE\ORADATA\ORCL\mytb101.dbf'
TO 'D:\DATAORCL\mytb101.dbf';
```

2. 完全恢复数据

在将数据文件复制到目标位置之后,还需要应用重做日志和归档日志,修改被修复的数据文件并与其他数据文件同步,方法如下。

(1) RECOVER DATABASE:用于恢复数据库的多个数据文件,该指令只能在 MOUNT 状态下使用。

(2) RECOVER TABLESPACE:该命令用于恢复一个或多个表空间的所有数据文件,该指令只能在 OPEN 状态下使用。

(3) RECOVER DATAFILE:该命令用于恢复一个或多个数据文件,该指令可以在 MOUNT 和 OPEN 状态下运行,并且可以同时指定数据文件的名称和数据文件的编号。在恢复 Oracle 数据库时,如果归档日志记载的操作还存放在重做日志文件中,那么数据库将直接应用重做日志,而不会应用归档日志。当应用归档日志时,DBA 既可以按照 Oracle 的建议应用归档日志位置,也可以指定归档日志名。

使用 Oracle 建议的归档日志位置。当执行完全恢复时,如果没有指定归档位置, Oracle 会提供应用的归档日志位置。例如:

```
SQL > RECOVER DATAFILE 3;
```

也可以在 RECOVER FROM 命令中指定归档日志位置,例如:

```
SQL > RECOVER FROM 'D:\ORCLDATA\ARCHIVE\ORCL00009_0130111089.001' DATAFILE 4;
```

在恢复命令中指定自动应用归档日志,例如:

```
SQL > RECOVER AUTOMATIC DATAFILE 4;
```

8.4 逻辑备份和恢复

逻辑备份和恢复具有多种方式(数据库级、表空间级、方案级和表级),可实现不同操作系统之间、不同 Oracle 版本之间的数据传输。在此介绍使用数据库泵和 OEM 进行逻辑备份和恢复的方法。

在以前的 Oracle 版本中,可以使用 exp 和 imp 程序进行数据导出、导入。在 Oracle 11g 中,又增加了 expdp 和 impdp 程序来进行数据导出、导入,并且 expdp 与 impdp 比 exp 与 imp 速度更快。导出数据是指将数据库中的数据导出到一个导出文件中,导入数据是指将导出文件中的数据导入到数据库中。使用 expdp 和 impdp 实用程序时,导出文件只能存放在目录对象指定的操作系统目录中。用 CREATE DIRECTORY 语句创建目录对象,它指向操作系统中的某个目录。格式为:

```
SQL > CREATE DIRECTORY OBJECT_NAME AS 'DIRECTORY_NAME'
```

其中,OBJECT_NAME 为目录对象名,DIRECTORY_NAME 为操作系统目录名, 目录对象指向后面的操作系统目录。

8.4.1　使用 expdp 导出数据

expdp 程序可以用来导出文件、表空间、方案、表等数据库对象。

expdp 程序所在的路径为 Oracle 主目录\product\11.1.0\db_1\BIN。

expdp 语句的语法格式为：

```
SQL > expdp username/password parameter1[,parameter2 … ]
```

其中，username 为用户名，password 为用户密码，parameter1、parameter2 等参数的名称和功能如表 8-2 所示。

表 8-2　expdp 参数

参　　数	功　　能
ATTACH	把导出结果附加在一个已经存在的导出作业中
CONTENT	指定导出的内容
DIRECTORY	指定导出文件和日志文件所在的目录位置
DUMPFILE	指定导出文件的名称清单
ESTIMATE	指定估算导出时所占磁盘空间的方法
ESTIMATE_ONLY	指定导出作业是否估算所占磁盘空间
EXCLUDE	指定执行导出时要排除的对象类型或者相关对象
FILESIZE	指定导出文件的最大尺寸
FLASHBACK_SCN	导出数据时允许使用数据库闪回技术
FLASHBACK_TIME	指定时间值来使用闪回技术导出特定时刻的数据
FULL	指定是否执行数据库导出
HELP	指定是否显示 expdp 命令的帮助信息
INCLUDE	指定执行导出时要包含的对象类型或相关对象
JOB_NAME	指定导出作业的名称
LOGFILE	指定导出日志文件的名称
NETWORK_LINK	指定执行网络导出时的数据库连接名
NOLOGFILE	禁止生成导出日志文件
PARALLEL	指定导出的并行进程个数
PARFILE	指定导出参数文件的名称
QUERY	指定过滤导出数据的 WHERE 条件
SCHEMAS	指定以方案模式导出
STATUS	指定显示导出作业状态的时间间隔
TABLES	指定以表模式导出
TABLESPACES	指定导出的表空间列表
TRANSPORT_FULL_CHECK	指定检查导出表空间内部的对象和未导出表空间内部的对象间的联系方式
TRANSPORT_TABLESPACE	指定以表空间模式导出
VERSION	指定导出对象的数据库版本

通过对参数的选择和使用，可以实现对各种数据库对象的导出管理。

8.4.2　使用 impdp 导入数据

impdp 程序可以用来导入文件、表空间、方案、表等数据库对象。

impdp 程序所在的路径为 Oracle 主目录\product\11.1.0\db_1\BIN。

impdp 语句的语法格式为：

```
SQL > impdp username/password parameter1[, parameter2 … ]
```

其中，username 为用户名，password 为用户密码，parameter1、parameter2 等参数的名称和功能如表 8-3 所示。

表 8-3　impdp 参数

参　　数	功　　能
ATTACH	把导入结果附加在一个已经存在的导入作业中
CONTENT	指定导入的内容
DIRECTORY	指定导入文件和日志文件所在的目录位置
DUMPFILE	指定导入文件的名称清单
ESTIMATE	指定估算导入时所占磁盘空间的方法
EXCLUDE	指定执行导入时要排除的对象类型或者相关对象
FILESIZE	指定导入文件的最大尺寸
FLASHBACK_SCN	导入数据时允许使用数据库闪回技术
FLASHBACK_TIME	指定时间值来使用闪回技术导入特定时刻的数据
FULL	指定是否执行数据库导入
HELP	指定是否显示 expdp 命令的帮助信息
INCLUDE	指定执行导入时要包含的对象类型或相关对象
JOB_NAME	指定导入作业的名称
LOGFILE	指定导入日志文件的名称
NETWORK_LINK	指定执行网络导入时的数据库连接名
NOLOGFILE	禁止生成导入日志文件
PARALLEL	指定导入的并行进程个数
PARFILE	指定导入参数文件的名称
QUERY	指定过滤导入数据的 WHERE 条件
REMAP_DATAFILE	把数据文件名变为目标数据库文件名
REMAP_SCHEMA	把源方案的所有对象导入到目标方案中
REMAP_TABLESPACE	把源表空间的所有对象导入到目标表空间中
REUSE_DATAFILES	指定在创建表空间时是否覆盖已存在的文件
SCHEMAS	指定以方案模式导入
SKIP_UNUSABLE_INDEXES	指定导入时是否跳过不可用的索引
SQLFILE	导入时把 DDL 写入到 SQL 脚本文件中
STATUS	指定显示导入作业状态的时间间隔
STREAMS_CONFIGURATION	指定是否导入流数据

续表

参　数	功　能
TABLE_EXISTS_ACTION	在导入时如果表已存在，使用此参数指定处理方式（SKTP，APPEND，REPLACE，TRUNCATE）
TABLES	指定以表模式导入
TABLESPACES	指定导入的表空间列表
TRANSPORT_DATAFILES	指定在导入表空间时要导入到目标数据库中的数据文件
TRANSPORT_FULL_CHECK	指定检查导入表空间内部的对象和未导入表空间内部的对象间的联系方式
TRANSPORT_TABLESPACE	指定以表空间模式导入
VERSION	指定导入对象的数据库版本

8.5　在 OEM 中实现数据库的备份和恢复

在 OEM 中最常用的方法是通过文件的导入和导出功能来备份与恢复数据。备份的具体操作步骤如下：

（1）使用 SYSTEM 用户以 NORMAL 身份登录到 OEM，从主管理页面中单击"数据移动"链接，如图 8-1 所示。

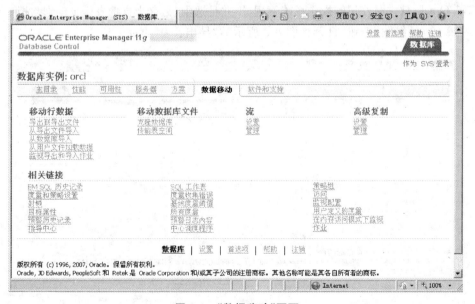

图 8-1　"数据移动"页面

（2）单击超链接"导出到导出文件"，打开如图 8-2 所示的"导出：导出类型"页面，开始进行数据的导出。

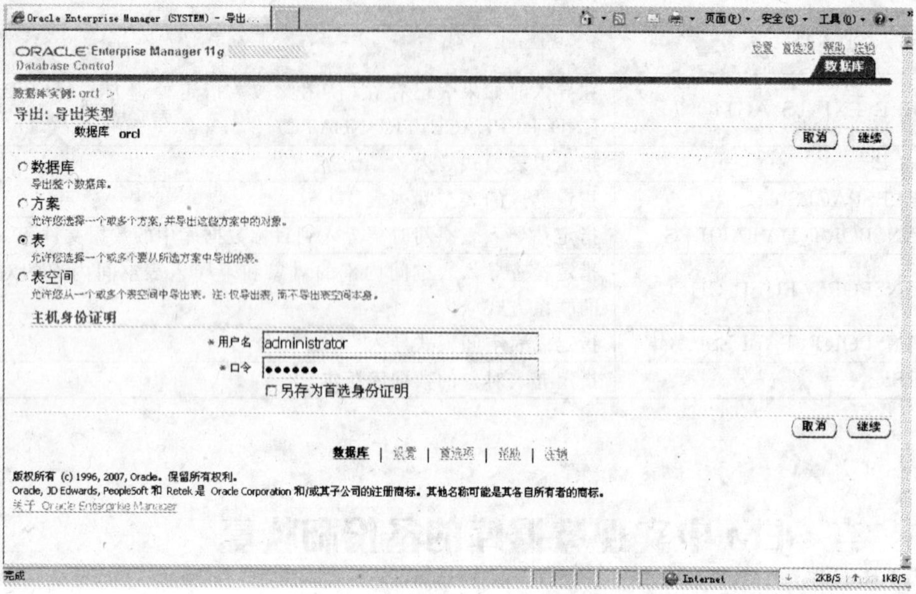

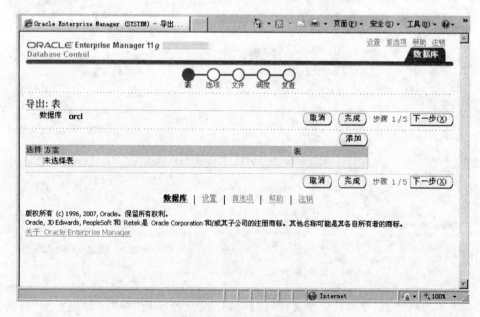

图 8-2 "导出：导出类型"页面

在"导出：导出类型"页面中可以选择导出的内容，如数据库、方案、表或者表空间。为了演示备份的过程，本例选择备份表。

（3）在"主机身份证明"区域输入操作系统的管理员账户名称和口令。这个管理员应该是安装 Oracle 软件时使用的操作系统管理员，并且选中"另存为首选身份证明"复选框。

（4）单击"继续"按钮，打开如图 8-3 所示的"导出：表"页面。

图 8-3 "导出：表"页面

在"导出：表"页面中选择要导出的表。选择表前需要添加表单击"添加"按钮，打开如图 8-4 所示的"导出：添加表"页面。

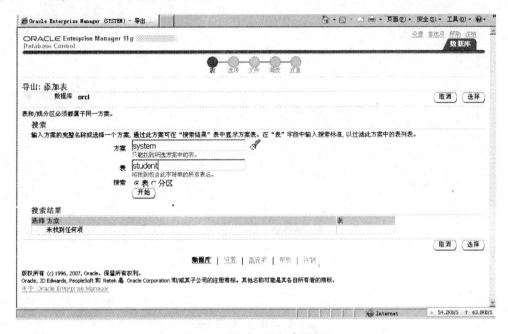

图 8-4 "导出：添加表"页面

（5）在"导出：添加表"页面中输入要导出的方案名和表名，并单击"开始"按钮，查找目标表。如果要导出某个方案的多个表，则只输入方案名，搜索结果如图 8-5 所示。

图 8-5 表的搜索结果

（6）选中要导出的表所在行前面的"选择"复选框，然后单击"选择"按钮，打开如图 8-6 所示的"导出：选项"页面。

图 8-6　"导出：选项"页面

本页可以设置导出作业的最大线程数目。通过单击"立即估计磁盘空间"按钮可以估计导出表的磁盘空间。

（7）单击"下一步"按钮，打开如图 8-7 所示的"导出：文件"页面。

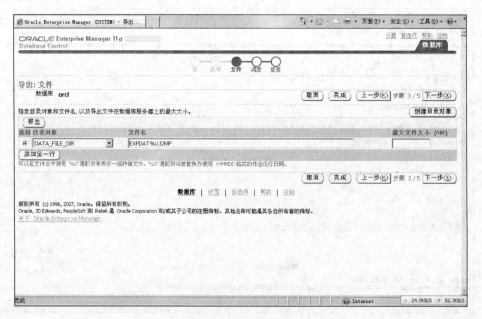

图 8-7　"导出：文件"页面

（8）在"导出：文件"页面中的"选择目录对象"下拉列表框中选择导出文件所在的目录对象，并在"文件名"中输入导出文件名。然后单击"下一步"按钮，打开如图 8-8 所示的"导出：调度"页面。

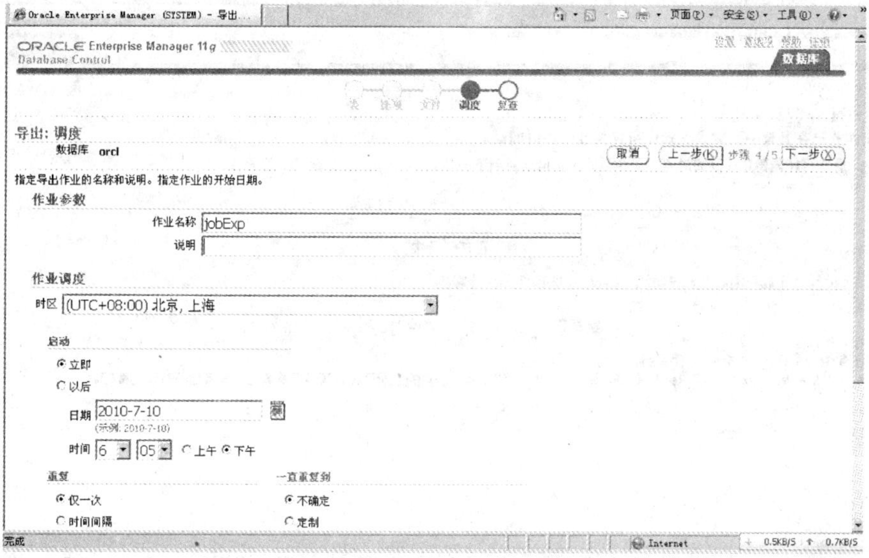

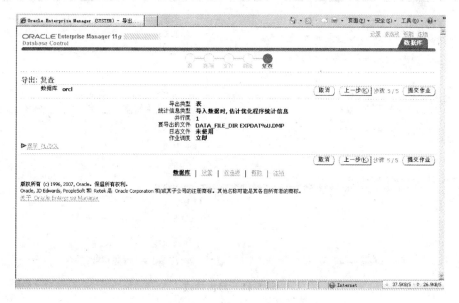

图 8-8　"导出：调度"页面

（9）在"作业参数"区域为作业命名，也可以对作业进行简要说明；设置正确的时区（UTC＋08:00）北京，上海；指定备份作业执行的时间：立即执行或者在指定时间执行等参数。

（10）单击"下一步"按钮，打开如图 8-9 所示的"导出：复查"页面。

图 8-9　"导出：复查"页面

（11）确定"复查"页面中显示的信息无误后，单击"提交作业"按钮完成设置，开始执行导出作业，如图 8-10 所示。

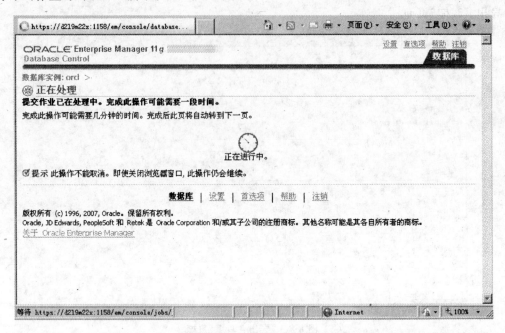

图 8-10　执行导出作业

作业完成后，显示成功创建作业的信息，表示导出已经正确完成，如图 8-11 所示。

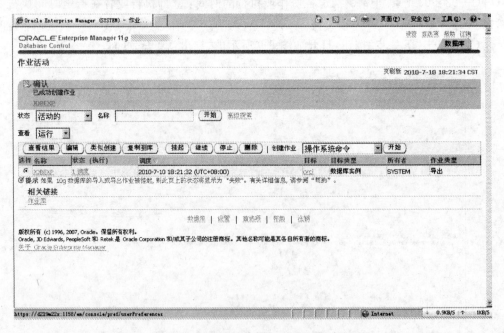

图 8-11　导出完成

　　此时单击管理器页面中的"注销"超链接,注销之后重新登录 OEM,在指定的磁盘目录下就会出现导出的 DMP 文件。

　　导入是指在需要时将数据导入到数据库中,操作过程与导出类似,这里就不再赘述了。

思考题 8

　　1. 什么是数据库的备份? 有哪些分类?

　　2. 什么是数据库的恢复? 有哪些类型的数据库恢复?

　　3. 说明在什么情况下使用完全数据库脱机备份、部分数据库联机备份或者部分数据库脱机备份,并说明各种备份的操作步骤。

　　4. 说明在对非归档模式数据库和归档模式数据库进行恢复时,有何不同。

第
9
章

用户和安全管理

　　用户是指能够连接到数据库的用户账户。Oracle 为了确保数据库系统的安全，为每一个用户账户都分配一定的权限或角色。权限指用户在访问数据库时能够执行哪些操作。角色则是一组相关权限的集合。权限、角色、用户是密不可分的，DBA 可以利用角色来简化权限的管理，通过给用户授予适当的权限或角色，就能赋予用户够执行相应操作的能力。通过回收权限或角色，就能减小用户对数据库的操作能力。Oracle 数据库通过使用权限和角色来控制用户对数据库的操作，保证数据库的安全性。本章将介绍数据库用户的创建、角色和权限的授予和收回等方法。

　　✓ 掌握用户、角色的创建和管理方法；
　　✓ 掌握权限的授予和回收方法；
　　✓ 掌握用户配置文件的使用。

9.1 用户管理

Oracle 数据库的安全保护流程可以归纳为以下 3 个步骤。

(1) 首先,用户向数据库提供身份识别信息,即提供一个数据库账户。

(2) 接下来,用户还需要证明他们所给出的身份识别信息是有效的。这是通过输入口令实现的,用户输入的口令会经过数据库的核对,以确定用户提供的口令是否正确。

(3) 最后,假设口令是正确的,那么数据库认为身份识别信息是可信赖的,此时,数据库将会在身份识别信息的基础上确定用户所拥有的权限,即用户可以对数据库执行哪些操作。

因此,为了确保数据库的安全,首要的问题就是对用户进行管理。本节就将介绍 Oracle 数据库的用户管理。

9.1.1 Oracle 身份验证方法

Oracle 为用户账户提供了以下 3 种身份验证方法。

1. 口令验证

当一个使用口令验证机制的用户试图连接到数据库时,数据库核实用户名是否为一个有效的数据库账户,以及提供的口令与该用户在数据库中存储的口令是否相匹配。由于用户信息和口令都存储在数据库内部,所以口令验证用户也称为数据库验证用户。

2. 外部验证

当一个外部验证式用户试图连接到数据库时,数据库核实用户名是否为一个有效的数据库账户,并确认该用户是否已经完成了操作系统级别的身份验证。外部验证式用户并不在数据库中存储验证口令。

3. 全局验证

同外部验证相同,全局验证式用户也不在数据库中存储验证口令,这种类型的验证是通过一个高级安全选项提供的身份验证服务来进行的。

在上述 3 种验证方式中,口令验证是最常使用的验证用户的方法,也是本章将详细介绍的。另外两种验证方法一般很少使用,因此仅在这里简单列出,有兴趣的读者可以查阅 Oracle 的官方文档。

9.1.2 用户的安全参数

为了防止非授权数据库用户对数据库进行存取操作,在创建用户时,必须使用安全参数对用户进行限制。数据库管理员可以通过创建、修改、删除和监视用户来控制用户对数据库的存取。数据的安全参数包括合法的用户名和口令、授权的用户、用户使用的磁盘空间配额以及用户对系统资源存取的限制。

1. 用户名和口令

每个用户在建立时都有一个登录口令,在用户与数据库建立连接时必须经过系统的验证,以确认用户的合法性,防止其对数据库的非授权使用。系统以加密的方式把密码存储在数据字典中。每个用户具有相应的数据库存取权限,并且可以运行数据库应用程序。在创建数据库用户时,系统会为该用户建立一个相应的模式,模式名与用户名相同。当用户连接到数据库后,就可以存取相应模式中的所有数据库对象。

2. 用户默认表空间

表空间是用于存储用户模式对象的逻辑空间,表空间在物理上与数据文件相对应。当用户连接到数据库并创建模式对象时,如果没有指定存储的表空间,所创建的模式对象都会存储在用户的默认表空间中。当然用户也可以在创建模式对象时通过 TABLESPACE 子句指定对象的存储空间。

用户的默认表空间是数据库管理员在创建用户时为用户指定的。可以通过查询数据字典 DBA_USERS 了解用户的默认表空间,查询方法如下:

```
SQL > connect system/password
SQL > select username, default_tablespace from dba_users;
USERNAME                DEFAULT_TABLESPACE
-------------           -------------
MGMT_VIEW               SYSTEM
SYS                     SYSTEM
SYSTEM                  SYSTEM
DBSNMP                  SYSAUX
SYSMAN                  SYSAUX
SCOTT                   USERS
HR                      USERS
...                     ...
```

3. 用户临时表空间

除存储数据的表空间外,还为每个用户设计了一个临时表空间。在用户使用 ORDER BY 子句进行排序,或者汇总以及如连接表、分组等复杂操作时,使用临时表空间存放中间生成的临时数据。

在 Oracle 数据库中,临时表空间一般是通用的,所有用户都使用 TEMP 表空间作为排序表空间。数据库管理员也可以在创建用户时为其指定临时表空间。

4. 用户配置文件

在创建用户时,可以为用户指定资源配置文件,对用户的存取操作进行限制。用户资源限制包括 CPU 使用时间限制、内存逻辑读取个数限制、每个用户可同时连接的会话个数限制和会话的空闲时间限制等。总之,用户可用的各种系统资源都可以通过资源文件进行限制,防止用户无限地消耗系统的资源。

9.1.3 创建用户

创建一个新的用户可以使用 CREATE USER 命令来实现，CREATE USER 命令的语法格式如下：

```
CREATE USER username IDENTIFIED BY password
      OR IDENTIFIED EXTERNALLY
      OR IDENTIFIED GLOBALLY AS 'CN = user'
[DEFAULT TABLESPACE tablespace]
[TEMPORARY TABLESPACE tablespace]
[QUOTA [integer K|M] [UNLIMITED] ] ON tablespace
[,QUOTA [integer K|M] [UNLIMITED] ] ON tablespace
[PROFILES profile_name]
[PASSWORD EXPIRE]
[ACCOUNT LOCK or ACCOUNT UNLOCK]
```

其中各参数的含义说明如下。

(1) CREATE USER username：用户名，一般为字母数字型和♯及_符号。

(2) IDENTIFIED BY password：用户口令，一般为字母数字型和♯及_符号。

(3) IDENTIFIED EXTERNALLY：表示用户名在操作系统下验证，这个用户名必须与操作系统中所定义的相同。

(4) IDENTIFIED GLOBALLY AS 'CN＝user'：用户名由 Oracle 安全域中心服务器来验证，CN 名称表示用户的外部名。

(5)［DEFAULT TABLESPACE tablespace］：默认的表空间。

(6)［TEMPORARY TABLESPACE tablespace］：默认的临时表空间。

(7)［QUOTA［integer K|M］［UNLIMITED］］ON tablespace：用户可以使用的表空间的磁盘配额，是以整数表示的字节数。

(8)［PROFILES profile_name］：资源文件的名称。

(9)［PASSWORD EXPIRE］：立即将口令设置为过期状态，用户在登录进入前必须修改口令。

(10)［ACCOUNT LOCK or ACCOUNT UNLOCK］：设置用户是否被加锁，在默认情况下是不加锁的。

实例 1：创建用户，并且指定默认的表空间和临时表空间。

创建一个用户，用户名为 zhengxy，口令为 zheng，指定默认表空间为 users，临时表空间为 TEMP。

```
SQL > CREATE USER zhengxy IDENTIFIDE BY zheng
DEFAULT TABLESPACE users
TEMPORARY TABLESPACE TEMP;
```

实例 2：创建用户，并且配置其磁盘配额。

创建一个用户，用户名为 zhengxy，口令为 zheng，指定默认表空间为 users，临时表空间为 TEMP,并且不允许该用户使用 SYSTEM 表空间。

```
SQL > CREATE USER zhengxy IDENTIFIED BY zheng
DEFAULT TABLESPACE users
TEMPORARY TABLESPACE TEMP
QUOTA 0 ON SYSTEM;
```

实例 3:创建用户,并且允许无限制地使用指定的表空间。

创建一个用户,用户名为 zhengxy,口令为 zheng,指定默认表空间为 users,允许该用户无限制地使用 users 表空间。

```
SQL > CREATE USER zhengxy IDENTIFIED BY zheng
DEFAULT TABLESPACE users
QUOTA UNLIMITED ON users
```

实例中的口令是初始口令,用户登录数据库之后应该更改新的口令。DBA 也可以使用 PASSWORD EXPIRE 选项,强制用户在第一次登录数据库时更改口令。

实例 4:强制用户更改口令。

```
SQL > CREATE USER zhengxy IDENTIFIDE BY zheng
DEFAULT TABLESPACE users
TEMPORARY TABLESPACE TEMP;
PASSWORD EXPIRE
```

当用户第一次登录数据库时,由于口令已经过期,所以会提示用户修改口令,具体如下:

```
SQL > connect zhengxy/zheng
ERROR:
ORA - 28001: the password has expired
```

通过限制用户对表空间的使用配额,可以限制用户创建新的数据库对象的能力。例如,修改用户使其在所有表空间的配额为 0,用户就再也无法创建新的数据库对象了,这也间接实现了收回用户创建数据库对象的权限的功能。

对于临时表空间,创建用户时只能指定用户所用的临时表空间为 TEMP,但是不能够指定其在临时表空间的配额。而且,DBA 在创建新用户时不能为用户指定 TEMP 之外的表空间作为临时表空间;否则 Oracle 会提示错误: Invalid tablespace type for temporary tablespace。

在创建用户时,以下几点需要特别注意。

(1) 初始建立的数据库用户没有任何权限,不能执行任何数据库操作。

(2) 如果建立用户时不指定 DEFAULT TABLESPACE 子句,Oracle 会将 SYSTEM 表空间作为用户默认的表空间。

(3) 如果建立用户时不指定 TEMPORARY TABLESPACE 子句,Oracle 会将数据库默认的临时表空间作为用户的临时表空间。

(4) 如果建立用户时没有为表空间指定 QUOTA 子句,那么用户在特定表空间上的配额为 0,用户将不能在相应表空间上建立数据对象。

(5) 初始建立的用户没有任何权限,所以为了使用户可以连接到数据库,必须为其授予 CREATE SESSION 权限。

9.1.4　修改用户

用户创建完成后,管理员可以对用户进行修改,包括修改用户口令、改变用户默认表空间和临时表空间、修改磁盘配额及资源限制等。修改用户的命令语法如下:

```
ALTER USER username IDENTIFIED BY password
      OR IDENTIFIED EXETERNALLY
      OR IDENTIFIED GLOBALLY AS 'CN = user'
[DEFAULT TABLESPACE tablespace]
[TEMPORARY TABLESPACE tablespace]
[QUOTA [integer K|M] [UNLIMITED] ] ON tablespace
[,QUOTA [integer K|M] [UNLIMITED] ] ON tablespace
[PROFILES profile_name]
[PASSWORD EXPIRE]
[ACCOUNT LOCK or ACCOUNT UNLOCK]
[DEFAULT ROLE role [,role]]
      OR [DEFAULT ROLE ALL [EXCEPT role[,role]]]
      OR [DEFAULT ROLE NOTE]
```

其中各参数的含义可以参照 CREATE USER 语法中的参数含义。

实例 1:解除用户锁定。

为了安全起见,Oracle 安装完成后,很多用户处于锁定状态。由 DBA 创建的用户初始时也可能设置为锁定状态。可以通过修改用户命令解除用户的锁定。

```
SQL> ALTER USER zhengxy ACCOUNT UNLOCK;
```

实例 2:修改用户口令。

```
SQL> ALTER USER zhengxy IDENTIFIED BY zhengxy;
```

实例 3:修改用户的磁盘配额。

在数据库运行过程中,用户可能因创建大量的数据库对象而使得其占用的资源超出了限额,系统会提示错误,此时需要 DBA 为用户增加资源,例如将磁盘限额扩展到 100MB。

```
SQL> ALTER USER zhengxy QUOTA 100M ON USERS;
```

实例 4:改变用户的默认表空间。

```
SQL> ALTER USER zhengxy DEFAULT TABLESPACE myTB;
```

修改用户的默认表空间之后,该用户先前已经创建的对象仍然保存在原来的默认表空间中。如果该用户创建了新的对象,则会保存在新的默认表空间中。

实例 5:锁定用户。

```
SQL> ALTER USER zhengxy ACCOUNT LOCK;
```

用户的锁定和解锁都需要由管理员来执行。被锁定的用户不能再连接到数据库,必须由管理员解锁后才能够继续使用。

9.1.5   删除用户

当删除一个用户时,系统会将该用户账户以及用户模式的信息从数据字典中删除。用户被删除后,用户创建的所有数据库对象也被全部删除。

删除用户可以使用 DROP USER 语句。如果用户当前正连接到数据库,则不能删除该用户,必须等到该用户退出系统后再删除。另外,如果要删除的用户模式中包含有模式对象,则必须在 DROP USER 子句中指定 CASCADE 关键字,表示在删除用户时,也将该用户创建的模式对象全部删除。例如,删除用户 scott 时,由于该用户已经创建了大量的模式对象,则在删除该用户时,系统将自动提示增加 CASCADE 选项,否则将返回错误信息。

删除用户的语句如下:

```
SQL > DROP USER zhengxy;
```

因为删除用户将删除用户拥有的所有模式对象,所以在删除之前应该仔细检查该用户拥有的对象是否还有利用价值。在一般情况下,要慎用删除命令,而采用加锁的方法来限制用户对数据库的访问。

9.2   用户配置文件

用户配置文件是 Oracle 安全策略的重要组成部分,利用用户配置文件可以对数据库用户进行基本的资源限制,并且可以对用户的口令进行管理。在安装数据库时,Oracle会自动建立名为 DEFAULT 的默认资源文件。如果没有为新用户指定配置文件,Oracle将会自动为其指定 DEFAULT 资源文件。另外,如果用户在自定义的资源文件中没有指定某项参数,Oracle 也会使用 DEFAULT 资源文件中的相应参数设置作为默认值。

9.2.1   资源配置参数

利用用户配置文件,可以对以下系统资源进行限制。

(1) CPU 时间。为了防止用户无休止地使用 CPU 时间,限制用户每次调用时使用的 CPU 时间以及在一次会话期间所使用的 CPU 时间。

(2) 逻辑读。为了防止过多使用系统的 I/O 操作,限制每次调用及会话时读取的逻辑数据块数目。

(3) 用户的并发会话数。

（4）会话空闲的限制。当一个会话被空闲的时间达到限制值时，当前事务被回滚，会话终止，并且所占用的资源被释放。

（5）会话可持续的时间。如果一个会话的总计连接时间达到该限制值，当前事务被回滚，会话被中止并释放被占用的资源。

（6）会话所使用的 SGA 空间。

对这些资源的限制是通过在用户配置文件中设置资源参数来实现的。资源参数的值可能是一个整数，也可能是 UNLIMITED（无限制），还可能是 DEFAULT（默认值）。大部分资源限制都可以在两个级别上进行：会话级和调用级。

会话级资源限制是对用户在一个会话过程中所使用的资源进行的限制，而调用级资源限制是对一个 SQL 语句在执行过程中所使用的资源进行的限制。当一个会话或 SQL 语句占用的资源超过配置文件中的限制范围时，Oracle 将中止并回退当前的操作，然后向用户返回错误信息。如果受到的限制是会话级的，在提交或回退事务后用户会话会被中止。而当受到调用级限制时，用户会话还能够继续进行，只是当前执行的 SQL 语句将被终止。

表 9-1 中列出了在用户配置文件中使用的各种资源限制参数。

表 9-1　资源限制参数

参　　数	说　　明
SESSION_PER_USER	用户可以同时连接的会话数量
CPU_PER_SESSION	用户在一次数据库会话期间可以使用的 CPU 时间，单位为 0.01s。达到该值时系统会中止这次会话，重新建立连接
CPU_PER_CALL	每条 SQL 语句所能使用的 CPU 时间（0.01s）
LOGICAL_READS_PER_SESSION	每个会话能读取的数据块数量
LOGICAL_READS_PER_CALL	每条 SQL 语句能读取的数据块数量
PRIVATE_SGA	在共享模式下用于限定一个用户可使用的 SGA 的大小，用数据块数量表示
CONNECT_TIME	每个用户能连接到数据库的最长时间（分钟）
IDLE_TIME	每个用户会话能连接到数据库的最长时间（分钟）
COMPOSITE_LIMIT	对所有混合资源进行限定，是由多个资源限制参数构成的复杂限制参数

9.2.2　口令限制参数

用户配置文件除了可以用于资源管理外，还可以对用户的口令策略进行控制。使用配置文件可以实现如下 3 种口令管理。

（1）账户的锁定。账户的锁定策略是指用户在连续输入多少次错误口令后，Oracle 会自动锁定用户的账户，并且可以规定账户的锁定时间。

（2）口令的过期时间。口令的过期时间用于强制用户定期修改自己的口令。当口令过期后，Oracle 会随时提醒用户修改口令。

（3）口令的复杂度。在配置文件中，可以通过指定的函数来强制用户的口令必须具有一定的复杂度。例如，强制用户的口令不能与用户名相同。

在资源配置文件中，对用户口令的限制参数如表 9-2 所示。

表 9-2　口令限制参数

参　　数	说　　明
FAILED_LOGIN_ATTEMPTS	用户在登录时允许失败的次数，一旦超出此次数，用户将被锁定
PASSWORD_LIFE_TIME	用户口令有效的天数
PASSWORD_REUSE_TIME	在口令失效之前，向用户提出警告的天数
PASSWORD_REUSE_MAX	一个口令在能够重新使用之前，必须改变的次数
PASSWORD_LOCK_TIME	用户由于登录错误而被锁定的天数
PASSWORD_GRACE_TIME	口令失效的宽限时间
PASSWORD_VERIFY_FUNCTION	判断口令复杂度的函数，可以使用 DBA 创建的 PL/SQL 函数

9.2.3　用户配置文件的创建

创建用户配置文件可以使用 CREATE PROFILE 语句，下面是一个实例：

```
SQL > CREATE PROFILE student_user LIMIT
session_per_user 4
cpu_per_session unlimited
cpu_per_call 200
connect_time 1024
idle_time 50
logical_reads_per_session unlimited
logical_reads_per_call 1000
faild_login_attempts 3
password_life_time 120
password_lock_time 90
password_verify_function functionForVerify;
```

此实例创建了一个名为 student_user 的用户配置文件，其中没有指定的参数默认使用 UNLIMITED。假设口令验证函数 functionForVerify 已经使用 PL/SQL 定义。

创建了配置文件之后，要使资源配置生效，必须设置数据库系统参数 RESOURCE_LIMIT，此参数的默认值为 FALSE，即不使用资源限制。为了使配置文件生效，需要设置该参数为 true：

```
SQL > ALTER SYSTEM SET RESOURCE_LIMIT = true;
```

在创建了配置文件之后，创建新用户时就可以指定配置文件了，也可以修改现有用户，为其指定配置文件。

```
SQL > ALTER USER zhengxy
PROFILE student_user;
```

9.2.4 用户配置文件的管理

创建配置文件之后,还需要在使用过程中对其进行维护和管理,主要包括查看、修改和删除。

1. 查看配置文件

配置文件创建成功之后,保存在系统数据字典中,要了解配置文件信息,可以通过查询数据字典视图 DBA_PROFILES 来实现。

```
SQL > COL LIMIT FORMAT a20
SQL > SELECT resource_name, resource_type, LIMIT
FROM dba_profiles
WHERE profile = 'student_user';
```

此语句将返回配置文件 student_user 的所有参数及取值。

2. 修改配置文件

对配置文件的修改可以通过 ALTER PROFILE 语句来实现。例如:

```
SQL > ALTER PROFILE student_user LIMIT
connect_time 900
password_life_time 60;
```

修改配置文件实际上就是修改其中的参数值,可以在 ALTER PROFILE 语句中指出要修改的参数和新的参数值来达到修改目的。

对配置文件所做的修改只有在用户开始新的会话时才会生效。另外,如果使用 ALTER PROFILE 语句对 DEFAULT 配置文件进行了修改,则所有配置文件中设置为 DEFAULT 的参数都会受到影响。

3. 删除配置文件

配置文件的删除通过 DROP PROFILE 语句来实现。例如:

```
SQL > DROP PROFILE student_user CASCADE;
```

如果要删除的配置文件已经指派给了用户,则必须在 DROP PROFILE 语句中使用 CASCADE 关键字。

9.3 权限管理

创建数据库用户后,并不意味着用户就可以随意对数据库进行操作。创建用户仅表示用户具有连接、操作数据库的资格,至于用户能够对数据库进行何种操作,需要根据用户具有的权限而定。用户的权限信息保存在数据字典中。按照权限所针对的控制对象,可以将权限分为系统权限与对象权限。可以直接或间接地给用户授予权限。

权限是预先定义好的、执行某种 SQL 语句或访问其他用户模式对象的能力。在 Oracle 数据库中是利用权限进行安全管理的。

系统权限是指在系统级控制数据库的存取和使用的机制,即执行某种 SQL 语句的能力。例如,启动/停止数据库,修改数据库参数,连接到数据库,以及创建、删除、更改模式对象等权限。系统权限是针对用户而设置的,用户必须被授予相应的系统权限,才可以连接到数据库中进行相应的操作。

对象权限是一个用户对其他用户的表、视图、序列、存储过程、函数和包等的操作权限。不同类型的对象具有不同的对象权限。

根据用户在数据库中所进行的不同操作,Oracle 的系统权限可以分为多种不同的类型。例如,数据库管理员需要创建表空间、创建用户、修改数据库结构、修改用户权限、修改用户等权限。对数据库开发人员而言,只需要创建数据库对象的权限就足够了,如创建表、创建视图等权限。

系统权限中还有一种 ANY 权限,具有 ANY 权限表示可以在任何用户模式中进行操作。例如具有 CREATE ANY TABLE 系统权限的用户可以在任何用户模式中创建表。与此相对应,不具有 ANY 系统权限表示只能在自己的模式中进行操作。在一般情况下,应给数据库管理员授予 ANY 系统权限,以便其能管理所有用户的模式对象。

通过查询数据字典可以了解各用户的权限,其中可以存放用户权限、系统权限和对象权限,相关的数据字典如表 9-3 所示。

表 9-3   与用户权限相关的数据字典

数 据 字 典	说　　明
DBA_USERS	数据库用户基本信息
DBA_SYS_PRIVS	已授予用户或角色的系统权限
DBA_TAB_PRIVS	数据库对象的所有权限
USER_SYS_PRIVS	用户个人的系统权限
ROLE_SYS_PRIVS	用户个人的角色
ALL_TABLES	用户可以查询的基本信息
USER_TAB_PRIVS	用户将哪些基本权限授予哪些用户
ALL_TAB_PRIVS	哪些用户给自己授权

9.3.1   授予系统权限

在 Oracle 11g 中含有 200 多种系统权限,并且所有的系统权限均被列在 SYSTEM_PRIVILEGE_MAP 数据目录视图中。

权限的授予由管理员执行,用 GRANT 命令实现,其语法格式如下:

```
GRANT system_privilege|role TO user|role|PUBLIC [WITH ADMIN OPTION]
```

其中各参数的含义说明如下。

（1）system_privilege：表示 Oracle 系统的权限，系统权限是一组约定的保留字，如创建表权限为 CREATE TABLE。

（2）role：角色。参见本章的 9.4 节。

（3）user：具体的用户名，或者是一系列的用户名。

（4）PUBLIC：一个保留字，代表 Oracle 系统的所有用户。

（5）WITH ADMIN OPTION：表示被授权者还可以再将权限授予其他的用户。

实例 1：为用户 zhengxy 授予连接数据库（connect 角色）和开发（resource 角色）系统权限。

```
SQL > GRANT connect, resource TO zhengxy;
```

实例 2：为用户 zhengxy 授予创建索引权限。

```
SQL > GRANT CREATE ANY INDEX TO zhengxy;
```

实例 3：为用户 zhengxy 和 scott 授予连接数据库（connect 角色）和开发（resource 角色）系统权限。

```
SQL > GRANT connect, resource TO zhengxy,scott;
```

实例 4：为用户 zhengxy 授予连接数据库（connect 角色）和开发（resource 角色）系统权限，并且允许 zhengxy 将权限传递给其他用户。

```
SQL > GRANT connect, resource TO zhengxy WITH ADMIN OPTION;
```

9.3.2　回收系统权限

数据库管理员和能够向其他用户授予权限的用户，都可以将授予的权限收回。回收权限使用 REVOKE 语句实现，语法格式如下：

```
SQL > REVOKE privilege FROM [PUBLIC| role |username]
```

例如，下面的语句将回收用户 zhengxy 创建会话和创建表的权限：

```
SQL > REVOKE CREATE SESSION, CREATE TABLE FROM zhengxy;
```

用户的系统权限被回收后，相应的权限传递权也同时被回收。但在回收系统权限时，经过传递获得的权限不受影响。

例如 DBA 将某项系统权限授予了用户 A，并且使用了 WITH ADMIN OPTION 选项，之后用户 A 又将该权限授予了用户 B。当 DBA 从用户 A 回收该项权限时，用户 B 已经获得权限不受影响。

9.3.3　授予对象权限

对象权限是指某一用户对其他用户的表、视图、序列、模式对象的操作权限，对属于某一用户模式的所有模式对象，该用户对这些模式对象具有全部的对象权限。也就是说，模式的拥有者对模式中的对象具有全部的对象权限。同时,模式的拥有者还可以将这些对象权限授予其他用户。

按照不同的对象类型,Oracle 数据库中设置了不同种类的对象权限。对象和对象权限之间的对应关系如表 9-4 所示。

表 9-4　对象和对象权限之间的对应关系

对象权限 \ 对象	DIRECTORY	FUNCTION	PROCEDURE	PACKAGE	SEQUENCE	TABLE	VIEW
ALTER					√	√	
DELETE						√	√
EXECUTE		√	√	√			
INDEX						√	
INSERT						√	√
READ	√						
REFERENCE						√	
SELECT					√	√	√
UPDATE						√	√

表 9-4 中的√代表对象具有该项权限,如函数具有 EXECUTE 权限。多种权限组合在一起,可以使用 ALL 关键字同意授予或者收回。对于不同的对象,ALL 关键字所代表的权限不同,如对于 VIEW 对象,ALL 表示权限 DELETE、INSERT、SELECT 和 UPDATE 的组合,而对于 DIRECTORY 对象,ALL 只包含权限 READ。

对象权限由该对象的拥有者授予其他用户,非对象的拥有者不得为对象授权。将对象权限授出后,获得权限的用户可以对对象进行相应的操作,没有授予权限的不能进行操作。对象权限被授出后,对象的拥有者属性不会改变,存储属性也不会改变。

使用 GRANT 语句可以将对象权限授予指定的用户、角色、PUBLIC 公共用户组。其语法格式如下:

```
GRANT [object_privilege] | ALL[PRIVILEGES]]  ON [schema.] object TO [user |role|PUBLIC]
[WITH GRANT OPTION] [WITH HIERARCHY OPTION]
```

其中,对象权限是表 9-4 中某一类对象的相应权限,具体与对象类型有关。多个权限之间使用逗号隔开。用户名表示要授权的用户,可以一次为多个用户授予权限,多个用户之间用逗号隔开。角色表示数据库中已经创建的角色。PUBLIC 表示将该对象权限授予数据库中的全体用户。

WITH GRANT OPTION 选项表示被授权用户可以再将对象权限授予其他用户。

WITH HIERARCHY OPTION 选项表示在对象的子对象上将权限授予用户。

实例: 将对表 t_student 的查询权限授予用户 zhengxy。

```
SQL > GRANT select ON t_student TO zhengxy;
```

如果将对表 t_student 的所有权限授予用户 zhengxy,则可以使用 ALL 关键字:

```
SQL > GRANT ALL ON t_student TO zhengxy;
```

授予权限时如果允许被授权限通过被授权用户传递,可以使用 WITH GRANT

OPTION 子句实现：

```
SQL> GRANT ALL ON t_student TO zhengxy WITH GRANT OPTION;
```

9.3.4 收回对象权限

从用户或者角色收回对象权限使用 REVOKE 命令实现，其语法格式如下：

```
REVOKE [object_privilege |ALL] ON [schema.]object FROM [user| role| PUBLIC] [CASCADE
CONSTRAINTS]
```

其中各参数的含义参照 GRANT 语句相关说明。

CASCADE CONSTRAINTS 表示有关联关系的权限也被收回。例如：

```
SQL> REVOKE ALL ON t_student FROM zhengxy CASCADE CONSTRAINTS
```

例如，DBA 将某项对象权限授予了用户 A，并且使用了 WITH GRANT OPTION 选项，之后用户 A 又将该权限授予了用户 B。当 DBA 从用户 A 回收该项权限时，用户 B 获得的该项权限也被收回，这与系统权限的传递和收回是不同的。

9.4 角色管理

从权限的管理可以看出，Oracle 的权限设置是非常复杂的，权限的类型非常多；给 DBA 有效地管理数据库权限带来了困难。另外，在数据库中存在大量的用户，如果管理员为每个用户授予或者撤销相应的系统权限和对象权限，工作量将是非常大的。为了简化权限管理，Oracle 提供了角色的概念。

角色是具有名称的一组相关权限的组合。可以使用角色为用户授权，同样也可以从用户中回收角色。由于角色集合了多种权限，所以当为用户授予角色时，相当于为用户授予了多种权限，这样就避免了向用户逐一授权，从而简化了用户权限的管理。

在为用户授予角色时，既可以向用户授予系统预定义的角色，也可以自己创建角色，然后再授予用户。

系统数据字典 DBA_ROLES 中保存了全部的角色信息，可以通过查询了解这些角色：

```
SQL> SELECT role, password_required FROM dba_roles;
ROLE                              PASSWORD
-----------------                 --------------------
CONNECT                           NO
RESOURCE                          NO
DBA                               NO
SELECT_CATALOG_ROLE               NO
EXECUTE_CATALOG_ROLE              NO
...                               ...
```

常用的系统预定义角色有 CONNECT、RESOURCE、DBA、EXP_FULL_DATABASE 、IMP_FULL_DATABASE、DELETE_CATALOG_ROLE、EXECUTE_CATALOG_ROLE、SELECT_CATALOGROLE 等。

其中角色 CONNECT、RESOURCE 和 DBA 是为向下兼容而提供的。CONNECT 角色是授予最终用户的典型权限和最基本的权限,包括建立会话、序列、同义词、视图、聚簇,修改会话,建立数据库连接等。RESOURCE 角色是授予开发人员的,权限主要包括建立类型、聚簇、序列、表、过程、触发器等。DBA 角色包含了所有系统权限。EXP_FULL_DATABASE 和 IMP_FULL_DATABASE 主要用于数据库逻辑备份工具进行导入、导出。DELETE_CATALOG_ROLE、EXECUTE_CATALOG_ROLE 和 SELECT_CATALOGROLE 角色包含了对数据字典的使用权限。

9.4.1　创建角色

如果系统预定义的角色不符合用户的需要,数据库管理员还可以创建更多的角色。用户必须具有 CREATE ROLE 系统权限才能够创建角色。一个角色刚刚创建完成时,它并不具有任何权限。角色的权限是通过授权得到的。因此在创建角色后,通常还需要立即为它授予权限。

创建角色使用 CREATE ROLE 语句实现,CREATE ROLE 语句的语法格式如下:

```
CREATE ROLE role [NOT IDENTIFIED| IDENTIFIED BY [password| EXTERNALLY] | GLOBALLY]
```

其中各参数的含义说明如下。

(1) role:创建的角色名。

(2) IDENTIFIED BY password:角色的口令。

(3) IDENTIFIED BY EXTERNALLY:表示在操作系统下进行验证。

(4) IDENTIFIED GLOBALLY:表示用户由 Oracle 安全域中心服务器来验证。

实例:创建一个角色 student_dba,并指定口令为 student,创建完成后为角色授权,然后将该角色授予用户 zhengxy。

```
SQL > CREATE ROLE student_dba IDENTIFIED BY student;
SQL > GRANT CREATE TABLE, CREATE DATABASE_LINK to student_dba;
SQL > GRANT student_dba TO zhengxy;
```

以上语句通过将角色授予用户,使得用户拥有了该角色所具有的所有权限,也等价于以下的语句:

```
SQL > GRANT CREATE TABLE to zhengxy;
SQL > GRANT CREATE DATABASE_LINK to zhengxy;
```

但是,当希望将该角色所拥有的权限授予其他用户时,就可以通过 GRANT student_dba TO zhengxy 这条语句来实现了。当用户较多,授予用户的权限也较多时,这大大简化了管理员的工作。

9.4.2 管理角色

1. 角色的启用/禁用

可以为数据库用户的会话启用或禁用角色。如果数据库管理员没有为用户取消所有默认角色,则该用户的会话将启用所有已经授予的角色;可以通过查询数据字典视图 SESSION ROLES 查看当前数据库会话启用了哪些角色。如果为当前数据库会话禁用/启用数据库角色,可以使用 SET ROLE 语句设置角色失效或生效。使用 SET ROLE 语句设置角色生效和失效的语法格式如下:

```
SET ROLE [role [identified by password] |, role [[identified by password]…]
| ALL [EXCEPT role[,role]] |NONE];
```

其中,使用带 ALL 选项的 SET ROLE 语句时,将启用用户被授予的所有角色,使用 ALL 选项的前提条件是该用户的所有角色不得设置口令。EXCEPT ROLE 表示除指定的角色外,启用其他全部角色。NONE 表示使该用户的所有角色失效。

2. 修改角色

对角色的修改操作主要是修改角色的口令。通常为了在启用/禁用角色时方便,在创建角色时不设置口令。但是如果需要确保安全性,有时需要为角色添加口令,这可以通过 ALTER ROLE 命令来实现。ALTER ROLE 的语法格式如下:

```
CREATE ROLE role [NOT IDENTIFIED| IDENTIFIED BY [password| EXTERNALLY] | GLOBALLY]
```

其中的参数含义参照创建角色的语法。

实例:修改角色的口令。

```
SQL > ALTER ROLE student_dba IDENTIFIED BY zheng;
```

需要注意的是,在修改角色时,必须具有 ALTER ANY ROLE 系统权限以及 WITH ADMIN OPTION 权限,角色的创建者自动具有对角色的 WITH ADMIN OPTION 权限。

另外,一旦角色具有口令,在使角色生效/失效时必须提供口令。例如:

```
SQL > SET ROLE student_dba IDENTIFIED BY zheng;
```

3. 删除角色

如果角色不再需要或者角色的设置不符合具体应用时,需要将角色删除,这可以使用 DROP ROLE 语句实现。例如:

```
SQL > DROP ROLE student_dba;
```

角色被删除后,使用该角色的用户从该角色所获得的所有权限也同时被收回。

9.5　在OEM中进行用户和角色管理

用户和角色管理在 OEM 的"服务器-安全性"页面中进行，如图 9-1 所示。

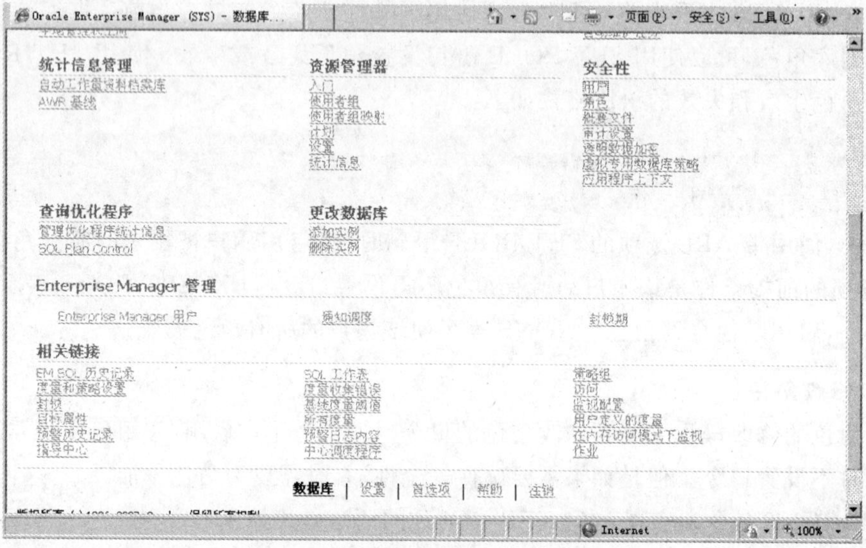

图 9-1　"服务器-安全性"管理页面

首先介绍用户管理。单击"用户"超链接进入用户管理页面，与其他管理页面相同，用户管理面也提供了"创建"按钮用于创建新用户。创建用户的"一般信息"页面如图 9-2 所示。

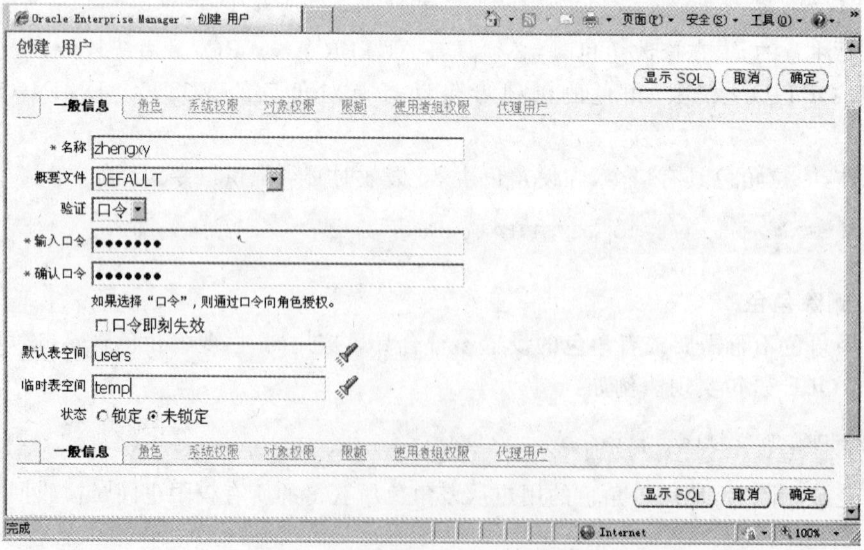

图 9-2　创建用户：一般信息

"一般信息"页面中包含的信息如下。

（1）名称：新用户名。

（2）概要文件：选择用户的概要文件。

（3）验证：选择验证方式，包括口令验证、外部验证和全局验证 3 种。具体含义参照 9.1.3 小节中的创建用户命令选项。

（4）输入/确认口令：如果选择口令验证方式，则输入口令。

（5）口令即刻失效：选中此复选框是一种安全措施，要求用户在第一次登录数据库时马上修改初始密码。

（6）默认表空间：选择用户对象存储的默认表空间。

（7）临时表空间：选择用户使用的临时表空间。

（8）状态：指定锁定或者不锁定用户。

一般信息设置完成之后，选择"角色"选项页，由于是新建的用户，还没有被赋予角色，所以该页面不包含任何信息。在该页面中单击"编辑列表"按钮，打开"修改角色"页面，如图 9-3 所示。

图 9-3　"修改角色"页面

从"可用角色"列表框中选择需要的角色名，并通过单击"移动"按钮将其移动到"所选角色"列表框中，则该角色就被赋予了用户，可以根据需要选择任意数目的角色。

如果所选角色中已经包含了需要的所有权限，则可以单击"确定"按钮完成用户的创建操作。如果现有的角色包含的权限不符合需要，也可以通过系统权限和对象权限等页面为用户赋予权限。向用户赋予系统权限的页面如图 9-4 所示，操作方法和角色授予相同。

当然，当系统已有的角色不满足需要时，也可以创建新的角色，如图 9-5 所示。

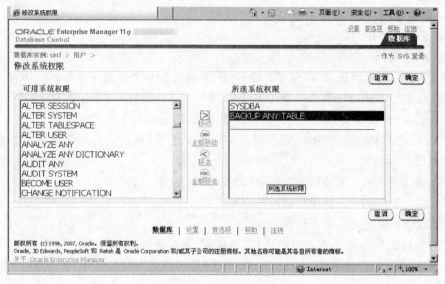

图 9-4 授予系统权限页面

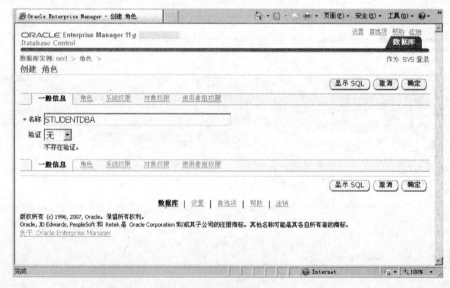

图 9-5 创建角色

其操作方法与创建用户类似，所以不再赘述。

思考题 9

1. 在数据库 sales 中创建用户 u1，指定其默认表空间为 TBS_sales，使用该表空间的磁盘配额为 20MB。

2．修改用户 u1，强制修改口令。

3．什么是用户配置文件？有何功能？

4．参照 9.2.3 小节的实例，创建一个名为 sales_users 的用户配置文件，并且修改用户 u1，指定其使用此配置文件。

5．Oracle 有两种类型的权限：系统权限和对象权限，请分别对这两种权限进行解释说明。

6．说明用户和权限之间的关系。

7．在 OEM 中创建新用户 u2，练习各种系统权限和对象权限的授予与回收。

8．什么是角色？使用角色管理有何优点？

9．OEM 中创建角色 s1，使其具有在数据库 sales 中创建和修改表、创建视图、创建用户、创建和修改表空间的系统权限；新建用户 u3，将角色 s1 授予该用户。

参考文献

[1] 路川,胡欣杰. Oracle 11g 宝典[M]. 北京:电子工业出版社,2009.

[2] 钱伸一,张素智. Oracle 11g 从入门到精通[M]. 北京:中国水利水电出版社,2009.

[3] 杨少敏,王红敏. Oracle 11g 数据库应用简明教程[M]. 北京:清华大学出版社,2010.

[4] 古长勇,王彬. Oracle 11g 权威指南[M]. 北京:电子工业出版社,2008.

[5] [美]Kevin Lonev. Oracle 10g 完全参考手册[M]. 张立浩,尹志军译. 北京:清华大学出版社,2006.

[6] 李爱武. Oracle 数据库系统原理[M]. 北京:北京邮电大学出版社,2007.

[7] 王海亮,张立民等. 精通 Oracle 10g SQL 和 PL/SQL[M]. 北京:中国水利水电出版社,2007.

[8] [美]Rajshekhar Sunderraman. Oracle 10g 编程基础[M]. 王彬,刘宏志译. 北京:清华大学出版社,2008.